O BEIJO NA NUCA

Obras do autor

234
33 contos escolhidos
A faca no coração
A polaquinha
A trombeta do anjo vingador
Abismo de rosas
Ah, é?
Arara bêbada
Capitu sou eu
Cemitério de elefantes
Chorinho brejeiro
Contos eróticos
Crimes de paixão
Desastres de amor
Desgracida
Dinorá
Em busca de Curitiba perdida
Essas malditas mulheres
Guerra conjugal
Lincha tarado
Macho não ganha flor
Meu querido assassino
Mistérios de Curitiba
Morte na praça
Nem te conto, João
Novelas nada exemplares
Novos contos eróticos
O anão e a ninfeta
O beijo na nuca
O maníaco do olho verde
O pássaro de cinco asas
O rei da terra
O vampiro de Curitiba
Pão e sangue
Pico na veia
Rita Ritinha Ritona
Violetas e Pavões
Virgem louca, loucos beijos

DALTON TREVISAN

O BEIJO NA NUCA

1ª edição

EDITORA RECORD
RIO DE JANEIRO • SÃO PAULO
2014

CIP-BRASIL. CATALOGAÇÃO NA PUBLICAÇÃO
SINDICATO NACIONAL DOS EDITORES DE LIVROS, RJ

Trevisan, Dalton
T112b O beijo na nuca / Dalton Trevisan. – 1ª ed. – Rio de Janeiro: Record, 2014.

ISBN 978-85-01-06878-1

1. Conto brasileiro. I. Título.

14-15647 CDD: 869.93
CDU: 821.134.3(81)

Texto revisado segundo o novo Acordo Ortográfico da Língua Portuguesa.

Capa: Fabiana sobre desenho de Poty

EDITORA RECORD LTDA.
Rua Argentina, 171 – 20921-380 – Rio de Janeiro, RJ – Tel.: 2585-2000

Impresso no Brasil

ISBN 978-85-01-06878-1

Sumário

A Mão na Pena

Hoje que lanço a mão na pena, me diga se você já sentiu a picada de uma abelha-de-fogo. O beijo fatal na nuca.

Não? Eu, sim. Ai, sim.

A mocinha ali na janela. E eu, parando? indo? no mesmo lugar? Nem sei mais. E, a cada passo, o alfinete em brasa do amor se enterrava fino fininho na pele.

Até que acertou numa só batida o meu com o teu coração.

Ai, como você dói.

Noite de lua me levanto, vou suspirar na janela: todos os pernilongos cantam o teu nome.

Eu me deito, apago a luz: os vaga-lumes acendem o teu rosto no escuro.

Chorava outro dia no meio da rua, até parou gente, imaginando fosse desastre. Um guarda quis me consolar, eu falei: Seu guarda, não seja burro. Vou preso, mas sou fiel até a morte.

Como ia dizendo, um dia você há de se arrepender. Aí é tarde, estou lá embaixo da terra. Aí chegarás diante da minha cruz: Morreste, infeliz, não foste digno do meu amor.

Você pode rir. Eu falo sério, não sou fingido, hein? Mamãe já reparou, não comes, meu filho. Tusso demais, sinto palpitação, me obrigo a dormir sentado.

Ai de mim, dá gana de tomar um bruto porre. Daí escrevo-lhe estas mal traçadas linhas. Se você não me quer, pego tifo e escarlatina, me atiro da Ponte Preta, boto fogo na roupa, bebo capilé com vidro moído.

Sei que prefere galã bonito. De bigodinho e costeleta. Bonito não sou, bigodinho eu tenho. Isso não vale nada?

Por ti serei maior que o motociclista do globo da morte.

Me diga. Outro perdido de paixão como eu? Não existe.

Lá vem você, e pronto! Olha eu aqui — de novo o menino aos pulos batendo palmas à tua passagem com tambores, bandeiras e clarins.

Mais gloriosa que a bandinha do Tiro Rio Branco.

Um Dia

Como dizer do puro azul? Sem palavras demais, todas necessárias assim para cada flor o seu número de pétalas. O homem da caverna lasca na pedra uma cabeça de bicho.

Na mesma inocência aqui estou diante da janela. Vejo o dia, uma nova cara no espelho. Inútil compará-lo a qualquer outro. Único, tudo o distingue: o sol, o cedro, a rosa.

É meu, um dia, esse ninguém me rouba. Sobre a cidade o grande pássaro de luz revoa no seu fremir de pálpebras. No céu ventam delícias, um ipê sorri maravilhas, obediente ao meu poder.

Sou o primeiro homem descobrindo o dia na sua caverna. Onde as palavras para contá-lo? A sua glória me veste de frutos e pompas, sem nenhum adjetivo. Todas as primícias do mundo conduzem ao seu esplendor. Tempo e silêncio lhe inventam cor, forma, perfume.

Recebo-o com o susto dum telegrama na porta.

Sinbad

A aventura não está na distância. A coragem para desertar a casa já falece no ato seguinte. Em vão na terra estranha ser um estrangeiro a si mesmo. Pequei sem nenhuma fantasia (esse mesmo jeito de morder o pão) os poucos pecados já sabidos.

Os sentimentos diários: da solidão (pelo mundo pensando na casa, sonhando em casa com o mundo), da breve camaradagem, dos amores pagos sobre colchas vermelhas. A longa espera nos bares, com sua hora mais triste — a de comer, em silêncio.

Estou no mar com um pé em casa. Não deixei o antigo porto, nem sacudi o pó da velha sandália. O pior do mar é que se perdem grandes coisas em terra.

No porto, na mesa de bar, à espera dum desconhecido — sempre eu que chegava. O gesto se quer inventar: me retorço feito uma rã fisgada e imito o antigo arabesco do tapete na sacada de Bassorá.

Das viagens, confesso, a partida bem me interessou. Não mais o mar, a sereia, o céu, o coqueiro. O que me encanta são as fábulas dos velhos marujos. Feitas as contas, prefiro aos homens qualquer objeto, de cânfora ou âmbar pardo.

O mais divertido não é a partida nem a volta — é ter de contar. Das viagens sem sair dessa carcaça de baleia morta, o lixo entre a espuma. Aqui ou ali, no porto ou na água, a parte nenhuma, sem nunca lá chegar.

O tédio, o medonho tédio é a navalha que abre as veias do marujo. Como encher as horas, mais numerosas que as ondas do mar, senão com mentiras? As fáceis mentiras que são os gênios libertos enfunando as velas?

Triste é que sou agora o meu sonho de criança: o velho marinheiro Sinbad.

Eucaris

Voou. Voou com o peito inchado, negras asas silenciosas ao vento, pela janela aberta da noite.

— Colvo, me leva!

Ele pediu, sentado no degrau da porta; mas não quis, ô corvo ruim.

— Ói lá uma estlelinha.

— Não aponte, bobo. Nasce verruga no dedo.

Ui, que medo. A palavra *verruga* uma gota de café com leite na roupinha de marinheiro. E a estlelinha que era dela no céu piscando.

— Eucaris.

— Que é, bobo?

Tão indiferente, ai, agulha de gelo pinicando no peito. Uma rainha distribuindo pão entre os órfãos, sem orgulho nenhum.

— Ocê é minha namorada?

E fugiu entre as sombras inquietas das árvores, mais inquieto coração.

Rezou de joelho nas pedrinhas três Ave-Marias e três Padre-Nossos que ela não morresse de tifo. Na primeira comunhão, Eucaris de véu e mãos postas, a mais linda pombinha branca no telhado.

— Ocê gosta de mim?

Ó vozes celestes, flébeis queixumes, penumbra olente, mágico barco suspenso entre as nuvens, um serafim voejando ali na cabecinha da menina.

— Me diga, Eucaris.

Grito de selvagem triunfo rompeu o silêncio da igreja, sim ela disse, luminoso e rebelde um hino eucarístico, sim, baixou de sua alma aos lábios abertos. Sim.

O corvo abriu asas para bem longe. O menino chegou vermelho da corrida à sombra ameaçadora das árvores.

— Não faça barulho, criança.

Pálida mãe magra de preto. E o pai olhando a rua — o mudo galo amarelo de barro sobre a mesa? —, mãos cruzadas nas costas.

Não o deixaram entrar no quarto. Ah, é? Sei como roubá-la e com ela fugir nos meus braços fortes.

— Meu filho, Eucaris morreu!

A xícara saltou-lhe da mão e se partiu em mil cacos. A mancha úmida de café para sempre no tapete.

Mas não faz mal, deixa estar. Ah, desse mundo infame eu me vingo. E minha vingança há de ser tão negra quanto a barba do Conde de Monte Cristo.

Naquela mesma noite ele viu — só ele — Eucaris passeando toda branca entre os lençóis estendidos no varal.

Moreno Ingrato

A nossa primeira vez, hein? Eu e você sozinhos em casa.

Toda eu tremia, quanto tempo não faço isso. Dei três passos para trás. Você tocou no meu seio. Primeiro, um. Depois, outro. E não pude resistir.

Daí nos amamos. Que felicidade a nossa primeira vez! Você ficou nu e a tua noite escura me cegou de tanta estrela.

Quem é você, me diga. Esse olhinho meigo dentro do meu já me tira do sério.

Quando a gente se encontra meu joelho se dobra, o corpo endoidece, sou uma brasa viva pegando fogo. De quem é a culpa?

Do meu diamante negro recheado de licor.

Sabe o que mais gosto? Chego mansinho, beijo de leve a tua nuca, sinto o corpo todo se arrepiar. Digo mil besteiras no ouvido para ver a tua risada de gozo.

Amor e sacanagem fazem de mim a maior perdida da cidade.

Louca de desejo enfio a língua no céu no céu na tua boca. Arranco a roupa, só vivo pra te agarrar. A gente se morde, se arranha, se rola na cama.

Sonho com nós dois mortinhos de paixão num beijo para sempre.

Juro ser tua toda a vida. Te amo desde o cabelo pixaco até esse dedão torto no pé esquerdo.

E você? Fala, moreno ingrato. Sente o mesmo que eu?

*

Não deixe, hein? que a tua bandida leia.

Encontro

Mata-sete de estradas, andarilho por aí, um capim-doce na boca. Aos berros, chutando pedras. Descanso à sombra das árvores (mordido pelas formigas) e cuspo três vezes nos marcos do caminho. Cruzo de tardinha a ponte sobre o pequeno rio. Chorões nas margens, os guris pescam e fumam, de papo pro ar.

Avanço na rua de eucaliptos e, à sombra, mesas com manchas de vinho nas toalhas brancas. Uma casa antiga de pedras; no campo, homens em linha ceifam o trigo com suas longas foices.

Bato palmas, uma velha põe a cabeça na janela. Digo que venho de longe, do outro lado do oceano. Tenho sede, minhas botas de sete léguas por um copo d'água.

Com um sorriso, ela me convida a sentar. Em vez de água, traz um jarro de fresco vinho tinto. Vaidosa, um xale de renda sobre a cabeleira branca. Enquanto bebo, deliciado, me conta da próxima colheita, que se anuncia próspera. E não sei o que sobre a torre do relógio na praça da igreja.

Esbaforidas, chegam duas meninas gêmeas, as netas da velha e qual é uma? qual é outra? Agora já sei: uma, Bianca, e a outra, Bruna.

Em surdina surge da cozinha uma garota de vestidinho branco (é sua filha mais nova, diz a velha, quando ela foi buscar mais néctar), esbelta e pálida, grandes olhos claros.

Bebo aos poucos o generoso vinho e, enquanto as sombras se insinuam nos cantos, mais brilham os olhos da moça quieta na porta, o pé esquerdo fora do chinelo. Ergo o meu copo e saúdo a vestal fugitiva do afresco erótico de Pompeia.

Ela acena de leve a cabeça. Nem uma só palavra — e tudo foi dito. Entendi que viera de tão longe só para vê-la. E nunca mais esquecer.

O último gole, dobram os sinos no campanário sobre a estrada de sombra. Prometo voltar um dia para a festa da neve sobre o jardim de cerejeiras — e perna pra que te quero.

Na curva do rio olho para trás. A garota ainda na porta. Os olhos agora invisíveis, que adivinho quentes, como a estrada por onde marcho de coração alegre.

Ipês

Uma cidade triste, de mínimas árvores. Do inverno, embora agosto, não há folha seca na calçada. Os últimos plátanos já são estátuas de pedra. Os repuxos não têm água.

No jardim as crianças não podem brincar: proibido pisar na grama, e quem viu a grama?

Lá na Praça Tiradentes resiste uma trinca de árvores antigas, os galhos sujos de pó. Meses que não chove. E, na tarde de ontem, sem nenhuma desculpa, eis na ponta de cada galho uma flor.

Únicas flores na rua, mas ninguém reparou. As pétalas pisoteadas com raiva assim formigas de trouxa na cabeça.

Quem aproveita, neste céu de cinza, os ipês floridos na praça? Ver para crer: num passe de mágica pintaram os ares de ouro vivo. Ali na cara do guarda de trânsito, ah! nem pode multá-los por desacato aos bons costumes.

Fiéis enamorados do crepúsculo, que amam com seus grandes olhos abertos. Tempo de usura e, cigarras amarelas zunindo sem voz, a todos se oferecem.

Grátis sobre a cidade de luto o anúncio luminoso do ipê. Antes um cacho negro e feio? Pássaro carbonizado no poste?

Agora essa flor deslumbrante que rola a cabeça cortada nas nuvens.

Benedito

Benedito arrasta os pés de tanto correr estrada e pular arame farpado. Dá boa-noite à mulher, com a panela no fogo. Entre gemidos, senta diante da gamela para lavar os pés.

Esfrega nos dedos as manchas secas de sangue e enxuga num trapo qualquer. Sempre ao alcance da mão a gasta mochila preta com seu tesouro (bolacha de mel, punhalzinho, boneca de pano, pedaço de corda, pião, santinho colorido, o que mais?).

No fogo espirram fagulhas e abrasam o carão da bruxa que revolve na panela fervente a longa colher de pau. Benedito ajeita o cabelo grisalho, cada dia mais ralo. Bate o pó no macacão sujo. Os braços arranhados pelas pequeninas unhas ferozes. Dos espinhos no mato, diz ele.

A mulher resmunga, ele coça no toco de mindinho o bigode. Quer saber dos netos. Ri, contente.

Conta que buscou debalde no campo a erva da benzedeira. Errando pela estrada, bebeu água num córrego, andou com duas crianças no caminho da escola.

A voz baixa e mansa, espiando o clarão vermelho nas rugas da velha, que prova o caldo na colher. Sente-se o avô de todas as meninas, também ele brinca de roda cutia. Elas com um laço da corda no pescocinho magro, cada vez mais apertado...

Acomoda-se em silêncio no banquinho. A mulher enche o prato de sopa, Benedito chupa com ruído a colher, de tanto gozo o caldo de feijão escorre pelo queixo. Pronto a velha estende a mão briguenta: quer dinheiro.

Benedito baixa os olhos. Gastou com a bala de hortelã pra uma negrinha. A megera se ergue, braço trêmulo, praguejante:

— Seu cachorro, traste duma figa, vagabundo da peste!

Ela se abanca e, a uma chispa do fogo, vê que Benedito chora, a colher de sopa esfriando no ar.

O Andarilho

Em Curitiba, no meio da rua, uma da tarde. As pernas dispõem do meu corpo: nenhum lugar para ir, embarco de viagem.

Na beira do cais a noiva fecha a veneziana em gesto ingrato de adeus. Desvio a rua do Pirata Perneta, um dois, feijão com arroz. Marcho sobre o mar de folhas amarelas da calçada. Iça a bujarrona, grumete.

Girino em tanque seco, me arrasto sobre a areia movediça. No horizonte surge um cego pela mão do menino. Horror, o cego beija o menino na boca, nem liga se alguém vê. E o menino cospe nojoso — vou em frente — quando o outro se distrai: Aqui, pardal!

Milhares de baratas atarantadas na Rua 15 fervilham ao sol. Um marinheiro cedo enjoa em terra, sigo para o Passeio Público. Quase me afogo numa caneca de chope.

Me debruço na água barrenta para pescar o último lambari-do-rabo-dourado. Nenhum belisca o anzol e pulo no estribo do bonde do Batel.

Dobro a Cantina do Papai. Enxugo em memória do Capitão Kidd três tragos de rum. Me vou ao Largo do Ventura e digo, com ar de mistério: Tiau, minha gente.

É um bonde, pode ser um navio. Anuncio terra à vista dos primeiros telhados de Ítaca ao longe. Joga tanto que o bonde, com vento a sudoeste, descarrila. Se não estou ferido, as pernas vão andando.

Na próxima ilha a sereia fá no piano miau.

Perdi o contramestre que praguejava chuva, glicínia, cem milhões de percevejos fedorentos. Lá vem o maestro Remo de Pérsis e trauteio a canção do soldado: fora de tom, mas com sentimento. Navego sob a Ponte da Estação, o expresso de Xangai parte sem mim para outras Xangais.

O nauta no cesto da gávea mastiga um pastel de vento. O mesmo vento que levantou a saia de Elisabete Nikolaievna enfuna as velas. Caminhante no deserto (pó nos lábios), sigo em frente.

Na volta da cidade faço cento e vinte mil e dezessete passos de costas, sem olhar para trás. No meio da Praça Osório, entre as ninfas no banho, o famoso obelisco do relógio parado: sempre uma da tarde em Curitiba.

Paletó ao ombro, mão no bolso, troco as pernas. Um jornaleiro apregoa que, bem longe daqui, há tardes para salvar. Sem aviso, enxergo anjos e ouço vozes: a bem-amada me estende a mão. E afundamos no mar de caracóis coloridos.

Já crepúsculo (não penso em Telêmaco) com suas vidraças de sangue e sua gente de cinza na porta dos cafés. Sobre as ondas velejam os bondes iluminados, todas as caras na janela.

Enxugo mais um trago de rum. Lá me vou, Sinbad em Curitiba, flanando.

O Ladrão

Comprei o revólver calibre 32 cano curto com a desculpa de ladrão na rua — esse revólver aqui na mão direita. O dinheiro no bolso é de quem achar primeiro. Só não briguem por ele.

Tem sim um ladrão na casa: um ladrão que não rouba de mais ninguém. Abre as gavetas, vira as meias do avesso, anda descalço pelo corredor. E dele ninguém sabe.

Eu sei porque é a mim que rouba — um pequeno objeto no peito, sem valor, mas de estimação. Lambe-o na língua áspera de bicho, esconde no bolso e com ele salta a janela.

Não sinto dor, pudera, esse buraco no peito. Dói é me fecharem no caixão, um lenço amarrado no queixo, o algodão no nariz. Assim não posso gritar o meu nojo.

Hoje um dia tão bonito. Que pena, já não tenho tempo, devo apertar o gatilho. Antes fosse quieto (os pardais na laranjeira desculpem o barulho), sem acordar ninguém.

Ele não tinha razão para... Tinha, sim. Nesta hora final o medo é não morrer. Quem gosta de dormir com baratas saltando dos olhos?

De súbito, essa não, dor de dente? Qual dente, que nada. Simples receio de errar o tiro. Meu último desejo é que haja inferno. O lugar certo entre os danados.

Nenhuma lágrima, por favor. Eu não estou chorando. São elas, as malditas baratas, que descem para comer na boca.

Não deixem que a Maria me veja deitado na porta sobre quatro cadeiras.

O defunto agradece o ódio dos vivos.

Pardais

Senhor redator: assíduos leitores de sua querida seção "Na Polícia e nas Ruas", verificamos que a mais ninguém chama atenção uma notícia diária de "Ciclista Atropelado" ou "Mais um Ciclista Atropelado". Ontem, por exemplo: "O caminhão dirigido por motorista não identificado apanhou um ciclista incauto, fraturando-lhe o braço esquerdo. A vítima foi removida para o Pronto-Socorro." Antes de ontem: "Ciclista atropelado e ferido — A vítima, que teve uma das pernas esmigalhada, foi conduzida em choque para o hospital."

Era pouco, e qual não foi o nosso espanto, senhor redator, ao deparar com o seu editorial "Ciclistas Irresponsáveis — Outro ciclista foi estraçalhado pelas rodas de um caminhão..." Não é apenas o senhor redator. Todos nos tratam, fraturados, esmigalhados, estraçalhados, de simplesmente "outro ciclista" ou "mais um ciclista". Por muito favor, a marca da bicicleta, já não temos nome, as vítimas de "verdadeira onda de acidentes, que são o resultado lógico da irresponsabilidade e imprudência dos que abusam, acintosamente, das posturas do tráfego". E o senhor redator nos classifica de "condutores de veículos de duas rodas".

A nossa bicicleta não sabemos se é veículo de duas rodas. Tem mais de pássaro ou barco à vela que de simples veículo. Ou, para dizer a verdade, duas rodas e uma asa, que o senhor redator não contou. Por isso "Na Polícia e nas Ruas", ao falar de nós, fazem-no como de alguém "tripulando" ou "pilotando" a bicicleta. E não, acintosamente, de uns "condutores de veículos de duas rodas".

Em fuga do beijo da morte na nuca a tal asa nos põe acima das posturas do tráfego. Guiamos a bicicleta numa rua de prodígios, que não é sua, senhor redator, com a lei da gravidade.

Ai, caro senhor, somos frágeis e nosso grito de socorro — trim-trim! — não se ouve no bruaá das seis da tarde na Praça Tiradentes. O senhor assistiu: "Diariamente assistimos aos riscos a que se expõem homens, crianças e até mulheres chispando e costurando feito desesperados, sem obedecer a sinais nem sentidos."

Ora, se desesperados costuramos e chispamos é para não morrer. Ninguém se entende nas ruas desta cidade. Não bastam os veículos de quatro rodas, senhor redator. São as pedras soltas, os bueiros sem tampa, as poças d'água.

E o pedestre, caro senhor, ah, o maldito pedestre não sabe que o seu lugar é na calçada. Flor de ipê ou brado de criança já nos derruba no asfalto. E, se nos derruba, lá se foi um braço fraturado ou crânio esmigalhado.

Propõe o senhor uma campanha contra nós — "pois se maior não é a cifra de acidentes, deve-se exclusivamente aos motoristas, que praticam malabarismos para não colher tão estúpidos indivíduos".

Mate-nos, senhor redator. Há uma gota do sangue de ciclista em cada rua de Curitiba. Não juramos vingança e, além de mortos, devemos ser "tão estúpidos indivíduos".

Tarados nunca fomos, caro senhor. A maioria pais de família, alguns noivos particulares, gente bem todos. Que nos assassinem ainda é pouco, pardais que o próprio vento derruba da árvore?

Do veículo de duas rodas, caro senhor, sabe qual o para-choque? O nosso peito magro. A notícia da morte vem depois da rixa de botequim: "Quando o motorista conseguiu frear o caminhão, o corpo do infeliz ciclista era apenas um rastro vermelho no asfalto. Esmagado sob as rodas duplas morreu instantaneamente."

Somos de boa paz, caro senhor. Morremos instantaneamente. Ou: "Foi arrastado cinco metros, sem um gemido, debaixo das rodas do carro-tanque." Daquela pasta sanguinolenta quem sabe dizer qual o ciclista, qual a bicicleta?

"O irresponsável ciclista perdeu a direção e atirou-se entre as rodas do caminhão carregado de madeira..." Prossiga na sua cruzada, senhor redator. Nossa consciência está limpa. Mate-nos sem piedade. Não daremos um gemido.

Seguro na calçada o senhor ouve o som aflito de uma campainha na rua.

Trim-trim-trim!

Três gritos de socorro.

Mais um peito esmigalhado.

Trim-trim!

Ai, ai!

Pelos veículos de quatro rodas duplas de uma cidade inteira.

Trim!

Ai!

A Ilha

É menos que um ovo de gaivota, na geografia da aventura, a ilha em que habito. O meridiano de Greenwich por ela não passa. Nenhum mapa-múndi a registra. E, rodeada de água por todo lado, ela existe.

De fantasia não é, tanto que desfruto a sua paisagem, colho espigas de milho, pesco lambaris-do-rabo-vermelho. Da sua videira, amasso nos pés a uva moscatel e bebo o fortificante vinho tinto.

Da terra firme sou o único humano na povoação de peixes de fábula, exóticas flores, periquitos banais. Bichos ferozes vêm no frio da noite aquecer as mãos nas brasas da fogueira.

Na areia morna da praia eu sonho em leito de anêmonas. Bem cedinho salta das ondas, verde de espuma, uma sereia de verdade. Entre as pragas do papagaio se deita na minha cama.

Ilha de castos encantos, a sua topografia é particular. Nada ocorre de extraordinário, a não ser a citada sereia que, pulando numa perna só, aninha-se nos meus braços. Os passarões disputam as fêmeas entre as nuvens e semeiam no meu jardim nenúfares de luxo.

No exílio das muitas águas chorei os amores perdidos. De voltar esperança já não tenho. Aqui, entre longes de prodígio, engordo ao sol da minha solidão.

E ouço à distância, em noite de lua cheia, os uivos lamentosos desses náufragos que se debatem nas ondas encrespadas e afogam, sem permissão de abordagem na ilha.

Cantiga de Ninar

É uma cantiga para o meu filho dormir, quando se queixa não ter sono.

Um homem passeia de terno, gravata e chapéu em plena Rua 15. E, quando vê, está numa floresta virgem. Aí ele sente aquela bruta língua fria lambendo o pulso esquerdo. Dá um pulo pra trás, o que é?

Uma cobra-coral de seis metros! E ele sem nenhuma arma, embora um homem deva andar prevenido, nem que seja canivete de mola. Mas não tem medo: puxa uma seringa com soro antiofídico.

De onde? Ah, criança tudo quer saber. E o homem explica: do tempo e do espaço!

Daí com o pistão da seringa mata a cobra. Mói em pedacinho, espreme dentro da seringa e guarda — sem vazar uma gota de veneno — no bolso da calça.

Agora vem o melhor pedaço: a cobra, ao encontrá-lo, estava enrolada numa árvore. E daí ele vê que é uma jabuticabeira carregada. Ora, de fruta madura e bem preta.

O homem quebra um galho, enche o bolso de frutinha e — a cobra ali no outro bolso — vai para casa chupando a gostosa jabuticaba e cuspindo a casca.

Então, o guri ainda não dormiu, continuo: outra vez foi uma tartaruga, já pensou?

Tem homem preparado que tira qualquer coisa do ar. Mesmo uma bala Zequinha ou um chopinho, se está com sede e perdido no deserto.

Outro, mais esperto, gosta de roubar trovão e raio quando chove. E guarda, sem queimar o dedo, debaixo da manga. Por isso é que ela tem botão pra amarrar no pulso: senão o raio foge.

Ah, matar cobra não é o mesmo — só um bobo acredita — que uma tartaruga. Ela afunda a cabecinha na couraça. E daí é pior que arrancar caranguejo do mangue.

Há! há! o nosso homem muito sabido vai devagarinho atrás uns vinte quilômetros. Daí ela se distrai — e catapluf!

(Ele boceja e cabeceia.) Com um raio de quinhentos volts, já acerto a mole cabecinha nua. Jogo fora a casca, esmago o resto e enfio na seringa.

Vou correndinho pra casa. Visto depressa o pijama. E, morto de sono, fecho os olhos. Já sonho com os anjos.

Ou cobra. Jabuticaba. Tartaruga.

Chuvinha

Aranha branca de mil pernas cobre a cidade. Os chapéus se enredam na viscosa teia. Ao seu lento fiar abrem-se as flores dos guarda-chuvas. Na construção o pedreiro suspende a colher de reboco no ar. As moças fogem do espelho para trocar de vestido.

Cai a chuva molemente na preguiça de chover. Molha a meia de quem tem buraco no sapato, lembra a tosse aos fracos do peito, encharca a roupa esquecida no varal.

Os cachorros se encolhem nos sacos da varanda. Um bando de pardais chilreia nos galhos da árvore. Sobre a cidade a chuvinha cai: onde passear, meninas, com essa chuva?

No vão das portas se refugiam os vencidos da vida. Fumantes escondem na mão o cigarro para não apagar. Velhas capas cheirando a mofo saem do armário. Ninguém acha o guarda-chuva perdido.

Líricas sombrinhas de todas as cores dançam à luz do crepúsculo.

Criança doente espia na janela: algum barquinho de papel à vista? Um sopro embaça o vidro, ela desenha com o dedo: F R I O. As caixeiras sonham com um sapatinho que pise na lama sem molhar. Muitas pessoas bebem um trago de pé no balcão. Ah, essa chuva maldita, que grandes negócios eu perdi. Não tivesse chovido, eu seria o rei barbudo no castelo de Kubla Khan.

Chove, chuvinha. Molha a couve na horta, o óculo do estrábico, a formiga de trouxa na cabeça. Mãos geladas se enterram no bolso. Gente na fila do ônibus, canários no poleiro, troca de pé no ar.

O chuvisco forma poças entre as pedras, espirra de barro a tua calça, apaga o palavrão no muro. O vento sul brinca na cortina de contas que estende o seu véu de noiva sobre os telhados. E, fumaça branca na chaminé das casas, cobre para sempre a cidade.

Chuva que chove lava o terno preto dos mortos.

Chove, chuvinha.

Um afogado afunda terceira vez no Rio Belém.

Pomba Branca

Das oliveiras entre os montes chegam as mulheres em fila indiana. De qual festa convidadas que trazem os sapatos na mão e pisam descalças o espinho e a pedra? Todas de preto iguais aos ciprestes no caminho: a meia, o vestido, a mantilha rendada.

Descem com a noite pelas ruas de Granada, uma após outra e, atrás delas, as crianças. No meio da pracinha uma fonte de pedra, onde os piás bebem na concha das mãos. Aqui e ali, mulas amarradas sob as árvores. Diante da igrejinha as mulheres calçam os sapatos imaculados.

Após cobrir a cabeça com o xale de viúvas, avançam silenciosas pela nave e, diante do altar, cada uma acende a sua vela enrolada em papel crepom. Lá fora, dos balcões com vasos de lírios, pendem os tapetes e as colchas bordadas. As ruas se enfeitam de bengalas de luz. E, nas esquinas, grupos de boêmios cantam em serenata.

Nos cafés os homens se ajoelham na serragem quando altaneira — não fosse uma rainha! — ela passa. Tiram os chapéus e recitam versos em adoração à que vem, de branco, os pés nus no frio da noite.

Veste manto dourado e três pombinhas lhe bicam os pés de puro amor.

Uma velha ergue nos braços o neto para que veja. Mãos trêmulas se empurram para tocar-lhe a franja do vestido. Chuva de rosas lhe desliza pelo rosto, os espinhos não a machucam.

Ela enxuga, sem nenhum gesto, o choro quieto das mulheres que, à sua passagem, beijam os filhos.

Um cego, quando lhe tocou o braço, grita mais alto: *Salve a Pombinha Branca!*

A Virgem de Fátima inclina a cabeça, uma sombra de sorriso nos lábios pintados.

Aí, Mocinho

Bem, piá, sou fã do Tim McCoy; ah, mocinho é aquele!

Briga o tempo todo sem perder o chapelão branco (minto, só uma vez o derrubou, ao explodir a montanha, pudera! com a mina de ouro). Ao adentrar o bar, as esporas emudecem os fora da lei.

Sempre de luva de couro, enxuga um trago sem fazer careta. Depois quebra sem dó a cara dos bandidos. A estrela brilhante de xerife na camisa preta, galopa no cavalo branco, que atende pronto ao seu assobio.

Uma vez, ah! bem me lembro, um caubói escancara as portas do bar e — antes de se fecharem — o Tim McCoy descarrega os dois revólveres. Todos fomos ver: na parede do outro lado, o nome da mocinha L I L Y — em certeira caligrafia.

Aposentado o velho McCoy, é a vez dum tal John Wayne. No andar gingado de malandro do morro, rápido no gatilho, brilha também nos salões.

Não tem bambinha pra ele quando coça o narigão. A pauleira inicia no quarto da cantora no primeiro andar e, distribuindo murros, destrói o bar inteiro. E cai na lama da rua com o último soco.

Um só levanta. E sacode o respingo da roupa: é ele.

Se duvida, estala um bofete na cara da Marlene Dietrich. Ela canta de voz rouca e, desarmando o galã, senta-lhe no joelho e cruza as pernas fosforescentes.

A cabeçada que ele erra na barriga do bandido arrasa um galpão do Rancho 3 B.

Cavalo selvagem? Amansa com mordida na orelha e cospe longe um pedaço.

Na dor de cotovelo pela ingrata Marlene, bebe pinga pura. Depois briga e, muito macho, bate em todo mundo. Não perde um dente. Nem sequer despenteia o cabelo.

Mocinho pode ser ferido, epa! só de tiro pelas costas. Morrer, nunca. Mocinho bom é mocinho imortal.

No fundo, um rapaz de bons sentimentos, tipo eu e você.

Ao grande chefe dos caras-pálidas, o meu grito de saracura de ex-índio apache.

Namorada

Depois que vê a garota ele corre se olhar no espelho: não pode negar, *meio* feio? *quase* feio? Numa palavra, feio. Dia seguinte desiste do bigode ralo. Quem sabe costeleta ou cavanhaque?

A menina o enfeitiça. Possuído, sim. Febrícula, sonho delirante, falta de ar, sede mas não de água.

Ela surge enrolada no garfo do suculento espaguete à bolonhesa. De sainha xadrez na primeira tarde, ó deliciosa bolacha Maria com geleia de uva. Formigas-de-fogo mordem sob a camisa quando ela vem na rua, brincando com o arco-íris na ponta dos dedos.

Consegue afinal apertar-lhe a mãozinha na luva de crochê, ri (descuidoso de ser feio) dentro de seus olhos glaucos. Discutem o narizinho, quem sabe arrebitado, segundo ela. E para ele, nada mais bonito que tal narizinho.

Meio do sono acorda, olho arregalado no escuro. A sua imagem o percorre, impetuoso vento por uma casa de portas abertas. Ninguém por perto, fala sozinho. A mãe o acha mais magro. Quem dera ser o terceiro motociclista do Globo da Morte.

Em guarda no portão, as mãos suadas, fumando. Ela aparece: um caramanchão florido de glicínia azul. Olhinho esquivo que fixa e foge. O sorriso (uma virgem fatal?) na pequena boca fresca.

Um dentinho ectópico no lado esquerdo, onde a palavra *tiau* esbarra quando sai. Ah, se ela deixar, passa o resto da vida adorando esse dentinho.

Espera outras vezes, fumando aflito, um cigarro aceso no outro. Ele mesmo um cigarro em chamas. A mocinha não quer lhe dar a mão. Como pode, uma santinha disfarçada na Terra? Depois, deu.

Brava, ainda mais linda. Toda rosa, o lenço no pescoço, gatinha na janela depois do banho. A curva altaneira da testa, os cachos loiros arrepiados ao vento.

Ai, não, uma pérola na orelha. A pérola *da* orelha. Uma divina orelhinha esquerda, sabe o que é?

A voz meio rouca: *Adivinhe o que tenho na mão?* "Bem, pode ser tanta coisa." *Bala de mel, seu bobo. Pra você que não merece.*

E não é que o *tiau* tropeça quando raspa no dentinho?

Já esquecido de timidez e feiura: "Sabe o que eu mais quero? É embalar você no colo."

Pronto, ofendida, lhe negaceia o rosto. De mal, até amanhã.

Amanhã nosso herói vai cultivar uma barbicha.

Alhambra

Um sol de brancas paredes. Rendilhadas sombras imóveis no pórtico mourisco. Marulham fontes em cada canto. Entre respingos de água assomam dálias e rosas.

No átrio dos repuxos uma trêfega sombra de albornoz: o eunuco negro se reflete no suave embalo dos nenúfares. Nas águas verdes de limo serpenteiam — nem carece dizer — nédios peixes preguiçosos, uns dourados, de púrpura outros.

Me afasto e muda a voz da água: ora sopro, ora murmúrio. Vez por outra o zéfiro balouça uma folha. Sobre a piscina pende uma rosa em carne viva. O peixinho de rabo amarelo abre sonolento o bico e engole a sombra da flor.

Granada aos pés, sabor de damasco e tâmara polvilhada de amêndoa. Dos caroços que lanço na água o único som, não fossem os suspiros da cristã cativa na torre.

Pernas cruzadas no tapete mágico, suspenso em nuvem de nardo e almíscar, bocejo de tédio para o céu estrelado no teto.

No pátio dos leões se abre em capitéis de mármore a porta do serralho, onde mordisco as sementes afrodisíacas do louco amor. Escuto o silêncio da orquestra de violinistas cegos (desde o dia em que viram a sombra nua de *doña* Inês).

Sob a janela com gradis de ferro, aspirando sôfrega as minhas velhas pantufas, enlanguesce uma gorda sultana de bigodes.

Furtivo riso (a fonte?) de odalisca que se esconde na flor de um arabesco. Afago a barbicha e, enlevado pelo narguilé, componho gazéis eróticos para a doce inimiga.

Gotas de luar, ora perto, ora longe, na água escondida. Inclino, só um pouco, a fronte para adentrar o arco florido: o alvor dos lírios no pálido peito de *doña* Inês.

E súbito um rouxinol canta.

Entre as grades do pavilhão da favorita esvoaçam os véus do luar. Uns olhos verdes ali suplicam, sem sono. Ah, esse leve fremir de pálpebras no corpo nu.

Como atendê-la quando na sua torre *doña* Inês pinta de azul da china as unhas do pé?

História

Pacientes copistas buscam sem descanso nas letras da máquina a primeira palavra com que iniciá-la.

Não mais encher uma folha de signos indecifráveis. E sim descobrir o gesto do homem da caverna que risca na pedra com dedo trêmulo uma cabeça de bicho.

Nenhuma palavra supérflua, todas elas medidas e pesadas. Assim para cada pássaro o número certo de penas.

Em tarde chuvosa, quem sabe de tédio, concebo a sua primitiva alquimia. Casta e lúcida (não beberei gota de álcool), resistente ao frio e calor.

Assim que inventada, será de todos. Útil, doméstica. Simples caixa de fósforos. Prestativa, uma horta no fundo do quintal. Não a quero jardim de rosas e sim alimento de homem: um pé de repolho, sem poesia, embora nutriente.

De manhã ela pousará na mesa, ao lado da tua xícara de café. Dobrada e incógnita, considere uma oferenda de aniversário.

Há palavras demais no papel, e cada um que lê a notícia da própria morte vira a página sem dela se aperceber. Se é a paz que procura, não olhe o jornal.

Beba o café que esfria: o fim do mundo se repete.

Esse dia em que as árvores se retorcerão de dor. As mulheres hão de parir bugios. As pedras se arrancarão do passeio para quebrar as vidraças do alcaide, mau calceteiro.

Os afogados no Rio Belém, uivando de frio e horror, piscarão para você o buraco dos olhos comidos de lambari.

Apenas dois ou três puros de coração leem os sinais no céu. Ah, quando escrever essa história haverá, eu sei, mortos e feridos na Praça Tiradentes. E com o seu título as mães assustarão os filhos em noite de trovoada.

Epa! Me desviei do rumo? Não é isso que eu... Você me conhece, um coração de pintassilgo. Neres de apocalíptica a minha história.

Ao contrário, uma taça cheia de morango bochechudo com nata fresquinha.

Curtas frases de meninos que se escondem para fumar: puro deslumbre da primeira vez.

Não terá uma palavra difícil.

Humilde fileira de órfãs do asilo a caminho da missa no avental azul de domingo.

O Coronel

A manhã pede licença, Coronel. Sem bater palmas, entra pela fresta da janela. Ele encosta no corpo encolhido de nhá Zefa: uma casca seca de árvore. Finca despótico os pés sobre os dela; a mulher resmunga, mas deixa. Força é respeitar o Coronel da Guarda Nacional.

Ele tosse, nada. Mais uma vez, nadica. Terceira tosse, gemido de nhá Zefa.

— Um chimarrão, Coronel.

Sempre com C maiúsculo.

— Não carece, mulher. Já me levanto.

Na cabeceira da cama a espada heroica que venceu a Guerra do Paraguai. O velho sai de tamanco para o terreiro. O clarão avança atrás dos montes, frio nos pés, o galo berra na porteira.

No barracão da cozinha sopra as cinzas a Maroca, criadinha de 15 anos. Chega-se por trás, suspende a menina nos braços. Epa! Tão pesada, quase derruba.

— Ai, Coronel. Não aperte, que dói!

Aos 78 anos, o Coronel é forte como qualquer moço: quando aperta, dói.

Abaixa-se a Maroca e sopra as cinzas.

— Dá um beijo, Maroca?

— Ai, Coronel, credo... Eu, não!

Ela pula as brasas, o Coronel atrás.

— Que mal tem, peticinha?

— O Coronel é de respeito! Não dá certo.

— Me beije, Maroca. Ai, me beije...

O Coronel perde um tamanco na corrida — os pés quentes. Sempre de olho na porta do barracão.

— Não grite, menina do céu!

O tamanco esquecido lá entre as cinzas.

— Ocê gosta de eu?

Ela se espreme de riso nervoso, a mão preta de carvão na boca.

— Diga se gosta, diga, Maroca.

— Bobagem, Coronel. Gosto, ué!

O Coronel exige que o beije na pontinha da orelha esquerda. Ela faz, o Coronel manda. Pronto exibe nos dedos trêmulos um patacão do tempo do seu

Imperador. Maroca o desliza no corpinho. O velho assanhado quer botar a mão ali.

Um berro de agonia da menina.

— Não me mate, minha santa! Valei-me, São Jorge!

O Coronel volta-se impávido forte guerreiro. O coração aos latidos, sem a heroica espada para enfrentar o paraguaio.

Nhá Zefa ali na porta.

Roma

De Roma eu lembro da sede e dos degraus no passeio. Inútil falar de qualquer monumento. Só da sede que me resseca a língua, andando nas ruas com escadas.

Soube pela primeira vez do sol em Roma ao ver as pessoas em fuga rente às fachadas brancas. Todas seguem de cabeça baixa no lado da sombra. Atravessar uma praça é salto-mortal de olho fechado na piscina ofuscante de luz.

Pela manhã ao erguer a cabeça do travesseiro você deixa a tua face molhada no lenço de Verônica.

Posso lavar o rosto com o próprio suor do rosto. Um fósforo aceso não apaga, queima até o fim.

Do vento em junho aqui não há notícia. Esses nichos nas fachadas, com a imagem de santos em louça, as únicas manchas negras nos paredões de luz.

Na próxima esquina eu mergulho a cabeça debaixo da fonte. Na seguinte, morrendo de sede, bebo na concha da mão a água cuspida por feias carrancas de pedra.

Os museus são corredores frescos, por onde passeio com sono e sede. Lá fora, as ruínas no meio da cidade — da história antiga ou da última guerra?

É a estação do sol, do prato fundo de macarrão com garfo e colher, do vinho e, muito mais, da água. Ao refrigério das fontes luminosas me acolho para sentir no rosto os pingos do repuxo.

Paisagem menos de palácio, museu, estátua que das poderosas romanas. Nalgas fornidas, a pé ou de vespa, os longos cabelos esvoaçantes ao vento, num bando de anjos barulhentos.

Suas prendas têm mais cores que as madonas dos museus. Elas, sim, as próprias madonas vivas. A carne, o osso — ah, esses braços nus roubados da *Vitória de Samotrácia*!

Como entender a estátua se não viu a moça, vera loba romana? Ode a uma ânfora calipígia de água fresca do Tibre!

Ó nutriente fatia de polenta na chapa. Ó jarra de vinho capitoso para matar a tua sede!

Nicanor

Medi a minha vida em cálices de conhaque. Ou, mais exato: em citações roubadas. Alice Neves à janela e a noite que desfralda os sete véus de sombra. Uma flor para os seus cabelos, querida?

Eis o meu herói Nicanor, ela sussurra, antes de fechar a janela, esquecido ao relento. Coragem, Nicanor, ele diz. Eu me bato, eu me bato, eu me bato. Tossica e trauteia seu hino de guerra:

Eu sou o bravo Nicanor

Dos sete mares um herói...

Um quê tristinho, é vero, no banco da praça. Eu sou... trá-lá-lá-lá. Em que cismas, poeta? Ora, esses maus versinhos, frutos de conhaque e delírio. Onde jamais se viu jasmim sorrindo maravilhas?

A nuvem púrpura do crepúsculo incendeia a vidraça das casas. Ao embalo do vento as folhas das árvores imitam vozes de velhas comadres tagarelas.

Um fantasma antigo pede licença, senta-se ao lado, toma-lhe a mão entre as suas.

Anjo, ó anjo! onde estás que não respondes? Noite de lua — ela tão linda, uma rosa flamejante no peito. *Veja, Nicanor, estou gordinha como um biscoito,* e sorriram os dois. Em que mundo, em que estrela tu te escondes?

Boa tarde, acena o Sr. Jeremias. Ignora o cumprimento e desvia a rota do pedalinho (com o danado Capitão Dalton ao leme ouviu as sereias na lagoa barrenta do Passeio Público, as mesmas vozes que adoidaram Ulisses). Pobre rapaz, pensa o referido senhor, como está pálido e magro, esse rapaz sofre de paixão recolhida.

Angústia de ser moço em setembro, sem mulher à espera. Luzes acendem todas as janelas. Um acróstico ao som do clavicórdio — ah, ele ama o som das palavras. Nádia, a filha do *tzarevich* ou... *Veja, Nicanor, um biscoito de gordinha.*

O fantasma abre os dedos descarnados e esvai-se na sombra. O Sr. Jeremias, antes de dobrar a esquina, volta-se para o herói de sete mares, já escandindo no cesto da gávea um soneto de rimas ricas e fecho de ouro.

Toda tarde Nicanor sai da salinha escura, onde uns moços de colete, cigarro apagado no lábio, pedalam nas velhas máquinas as horas para sempre perdidas. Em passo lento rumo à sua pracinha. Longe do mundo dos canibais encolhedores de cabeça, segue o suspiroso desmaiar dos dias, a água que escorre entre os seios das ninfas.

Tanto olha as ninfas nuas que deixa de vê-las. Ousarei devassar — em vão se pergunta — o seio de uma virgem?

Um cafezinho, um cigarro, um conhaque. De pensar na vida cada vez mais triste. Ah, ser um *viking* façanhudo de barba ruiva que marcha entre espirros ao sol. Com pressa de ir a algum lugar.

O longe sonhado é logo ali. Não sirvo para alfaiate. E olha dos lados, se o guardião vigiando os namorados o escutou. Geme, de olho fechado: Alice Neves.

Quem viria ao seu encontro nesta rua de almas perdidas? Melhor o refúgio dos livros — entre eles é uma pessoa de verdade. A testa borbulhante de citações roubadas. Ai, vida, ai, vidinha besta, rumo ao banco na sombra, à espera vã de uma epifania.

Ao luar, ela dedilha o piano, com dedinhos rechonchudos.

— Não faça pouco dos meus dedos!

O coração suspenso a tais palavras mágicas: *Não faça pouco dos meus dedos... São bem bonitos!* Nicanor apanha no chão uma folha de jornal. Pronto, marujo engajado num barco que parte na travessia da noite... iô hô hô um barril de rum!

— Sou forte. Estou calmo. Vou para casa.

Admira última vez as ninfas de pedra no banho, espirrando de água os ombros nus. Na viela, atrás das cortinas, sombras femininas despem os véus. Do vulto à janela sussurra uma voz:

— Aonde vai, benzinho? Não quer entrar?

Resplandece a luxúria numa auréola de fogo. Não responda, Nicanor. De beleza majestosa a sua face na penumbra. Olha, e passa.

No sótão do quarto andar abre a janela para ver o céu. Ali pode mais que todos: Tremei, pais de família, Don Juan cofia o bigodinho fatal!

Apanha o caderno do escoteiro na capa, rabisca com letra firme: *Morro porque o cisne azul voou para sempre.* Mais tarde, quando lê a frase, o Sr.

Jeremias pensa: Tudo está claro. Não passa de flor de retórica.

O vulto do moço debruçado na janela. Enxuga o suor frio da testa, alisa com a unha a sombra de bigodinho — força é mudar de vida, rapaz. Desde já, o nome? Me chame, duramente, Manuel.

Ele acredita piamente nas palavras. Alice Neves, não. Nunca morrer assim numa noite assim com um luar assim. Os dedos trêmulos na gravata — ai, que desgraça, meu pai!

A turbulência interior explode. Uma lágrima — o sinal de saltar — escorre dos olhos. E caí, como cai um corpo morto. Lá se vão, o moço e a lágrima: o rosto impresso na pedra.

Uma simples nota nos jornais: SUICÍDIO. Nacinor em vez de Nicanor. E, na pracinha, deserta àquela hora, o cisne azul desliza entre a surpresa das ninfas. Um jasmim sorri maravilhas.

O Louco

Sempre inquieto pela casa, barba no peito, olhar perdido assim de fora para dentro. A família penteia-lhe a cabeleira, põe-no à janela com a vidraça descida, para se distrair.

Castigo do céu, não. Só um moço esquisito, coitado. De tanto pensar, dizem.

Mora na janela, cotovelo sobre a almofada roxa. Teimoso, ali à espera da namorada, com a qual conversa, sem ninguém saber. Lambe a palma da mão, as mangas sujas de gordura. Pudera, come com os dedos.

Baba-se feliz quando tem formiga: estala na unha, nunca sai sangue, já pensou? Caça mosca na vidraça e, guloso, prova uma e outra, azul ou verde, as preferidas, bem gordinhas. Cospe no gato, no cachorro, ah! no espelho da sala. De raiva, quer partir a cara do outro: a cara do louco no espelho.

Se chove, pula a janela e passeia na chuva, a água escorre no cabelo, tão moço e já grisalho. Correm atrás dele, chamam delicadamente pelo nome. Trazem-no pela mão, relutante.

Com o trovão e o raio, por causa do nervoso, é preso à chave no sótão. Uiva, rebenta na parede o prato de comida. Depois um silêncio: dorme, inocente.

Canta de noite aos berros sobre o telhado. A mocinha loira sai na porta. Ele gesticula, quer falar de amor: só um ronco feio. Com medo ela foge.

O doidinho salta as pontes do tempo e do espaço. A sua loucura move a família, a casa, os homens na praça. Põe fogo na cidade inteira.

Viena

A vendedora com os bilhetes na mão diante da roda-gigante parada. No carrossel o porteiro espera sentado no cavalinho de madeira. A mulher que bate com um martelo na porta do quiosque: *Wienerwurst quente*. E, atrás do vidro, murcho entre a gordura coalhada.

A velha empurra o carrinho do velho, sem pernas sob o cobertor, que veio ver as crianças brincar: onde estão as crianças?

Pouca gente (eu, de capa, outro, de capa verde) por ali circula. Os alto-falantes repetem uma famosa ária de cítara. O homem do tiro ao alvo limpa com um pano a espingardinha e me olha suplicante quando eu passo.

A dona da tenda, com a pintura da mulher nua deitada, me convida de longe: *Entre, jovem. Muito interessante!*

Varrem as entradas das casas de atrações. O rapaz cola um cartaz para ninguém. O polícia gordo assobia desafinado diante do lago artificial onde flutuam barquinhos vazios.

Nada funciona: a roda-gigante inútil, os barcos sobre a água que nem o vento ondula, os cavalinhos de pau imóveis no salto.

Por todos os cantos, alto-falantes aos berros insistem na ária de cítara. Viúvas de luto e cabelo grisalho se arrastam entre os velhos de mãos nas costas: únicos sobreviventes a não sei que matança de Herodes.

As folhas vermelhas do outono cobrem a calçada. Leve garoa cai sobre pardais tiritantes e cães vadios. O fotógrafo diante da roda enfia a cabeça sob o capuz negro: epa! que fim levou o terceiro homem?

Dou-lhe as costas e, quando ele bate a chapa, a roda gira. E, com ela, no globo da morte, eu.

Danado

Acendo um cigarro no outro, a fumaça arde no olho de Polifemo cego de fúria. Morcego de luz, o sol me lambe o pescoço nu. Da árvore seca não fiquem cinzas. Quero a morte violenta e sofrida, não mansa que apascenta o coração medroso. Antes abjeta e testemunha da maior vergonha.

Caqui podre no cesto, gero o mal. Tudo o que toquei, entre sorrisos, corrompi. Em vão persigo os bens da graça, por ela enjeitado.

Não basta pecar sem sabê-lo. Ah! o clarão que ilumina o ato do pecado mortal. Entre os caninos degusto o suculento fruto maduro.

Erro se penso: só mais um dia ou um cigarro (acendo outro e trago, ó nova delícia). Não poder dispor, não digo dos outros, mas de mim para tudo arriscar numa piscadela de olho: o mergulho no sumiço do nada.

Sem nojo, repito cada dia os passos que me perdem e nenhum quis dar, inúteis se não me levam ao confronto final com o anjo na escada.

São as pernas que andam, não as dirijo no último salto sobre o vazio. Simples palavra acende o cigarro na nuca: maldito.

Mosca de asas arrancadas, tateio em volta do pires com vinagre e na beira provo deliciado o açúcar.

Faroeste

Naquele tempo o mocinho era bom.

Puro do cavalo branco até o chapelão imaculado. A camisa limpa, com a estrela de xerife. Luvas de couro, tímido e olho baixo. Namorando a mocinha, cisca nas pedras e espirra estrelinha com a espora da botina.

Nunca despenteia o cabelo nas brigas. Defende órfão e viúva. Com os brutos, implacável porém justo.

Frequenta o boteco pra chatear os bandidos. Bebe um trago e disfarça a careta. Atira só em legítima defesa. O mocinho é sempre mocinho, nunca brinca de bandido.

Ah, o vilão todo de preto, duas pistolas no cinto prateado e um punhal (escondido) na bota — o segundo mais rápido do Oeste. Bigodinho fino, risadinha cínica. Bebe, trapaceia no jogo. Cospe no chão. Mata pelas costas.

Covarde, patético, chora na cadeia. E morre, bem feito!, na forca.

Qual dos dois é o vilão hoje?

Se um quer roubar o ouro da mina do pai da mocinha, o outro também.

Sem piscar, um troca a mocinha pelo cavalo do outro.

Os punhos nus eram a arma do galã. Hoje briga sujo. Inimigo vencido, a cara no pó? Chuta de letra o nariz até esguichar sangue.

Costeleta e bigodinho ele também. Sem modos, entra de chapelão na casa do juiz. Corteja a heroína, já viu, aparando as unhas? Pífio jogador de pôquer, o toque na orelha esquerda significa trinca de sete.

A cada estalido na sombra já tem o dedo no gatilho — seu lema é atire primeiro e pergunte depois. Você por acaso fecha o olho do bandido que matou? Nem ele.

E a mocinha, de cachinho loiro e tudo, que vergonha!

Começa que moça direita nunca foi. Cantora fuleira de cabaré, gira a valsa do amor nos braços de um e de outro.

Por interesse, casa com o chefão do bando. Casa com o pai do mocinho. Até com o mocinho ela se casa.

Deixa estar, guri não é trouxa. Torce pelo bandido.

Munique

De Munique só me lembro de Maria, dos dentes coruscantes de Maria, da garoa quando Maria andava ao meu lado, das salsichas que comi no Hofbräuhaus com Maria, da cara gozada de Maria oferecendo os lábios: *Ich liebe dich.*

*

Igreja ortodoxa russa com altares brancos e limpos. Painéis de padres (bons e maus) atentados por diabinhos com ratos nas orelhas, asas de morcegos nos olhos, cobras torcidas na língua: como é interessante o mundo dos diabos!

*

Em Heidelberg. Crise de consciência: Antes eu aprendia alemão. Hoje bebo chope, que é mais fácil.

*

Suíça: um piquenique da família *** nos Alpes.

*

Esmago com o pé uma formiga: é formiga preta de Florença.

Vejo o Davi na praça e não resisto: fico nu diante do espelho.

O jovem padre, de colarinho aberto, fuma e conta os cigarros na carteira. Sopra a fumaça como quem beija uma boca de mulher. Fuma-o até o fim, a brasa lhe arde nos dedos. Ah, essas unhas amarelas que afagam o piolho do pecado: outro cigarro.

*

Amsterdam. O amor de *** pelos canários e pintassilgos, que chama de pintassilvas. Teve até onça, papagaio, casal de macaquinhos, carneiro (de fita vermelha no pescoço), cachorro, gato etc. A todos chama de Chico.

Olhinho úmido ao falar no seu pintassilva: *Será ele está fazendo?*

*

Na rua do cais meninos brincam aos gritos, mulheres gordas tagarelam nas portas, a marinhagem canta e bebe.

Ah, ninguém faz mais barulho que as andorinhas de Gênova.

*

A égua de Gargântua me dá as costas e cerro o fecho do seu vestido: tão íntimo, à vontade, quase conjugal.

Grande prazer, decerto. Por que um tantinho enfarado?

*

Tão de casa não dou mais esmola aos mendigos.

E as meretrizes, quando chegam, já me dizem boa-noite.

*

Um postal para casa. Ela dirá: *Ah, esse meu filho.*

Outro, para ***: "Hoje? Às oito? Tiau." Ela dirá: *Ah, esse bandido!*

*

As madonas de rua, bolsa no ombro, bebem café espresso e oferecem os frutos maduros do pecado.

Só de vê-las me perco de mim. E corro atrás, entre colchas vermelhas, odes e cânticos, já esquecido do caminho de casa.

Os Meninos

Estranhos meninos esses de cabelos verdes. Os cabelos escondidos nos bonés, nada os distingue. Bem sabem uns dos outros por um assobio inaudível aos que não têm os cabelos de sua cor.

Que meninos são esses? São mesmo verdes, como quer a canção, os seus cabelos?

Serão os verdes cabelos dos anjos da terra. Nomes não têm, mas iniciais e apelidos. Ora, se anjos, qual o sexo?

Andam em casais, bizarros casais, de meninos e homens enlaçados, que se beijam à sombra das árvores. Nos campos de futebol gritam, de verdes cabelos ao sol, pelos seus heróis e carrascos. Nos passeios de carro, os faróis apagados, amam que o luar nos seus longos noivados lhes tinja de verde os cabelos.

Anjos decaídos, para reaver as suas asas rezam pelo extermínio de todos os malvados da cidade.

Seduzidos com promessas, para não faltar ao encontro, andam de pés nus sobre um tapete de cacos de vidro.

Fracos no amor, fortes no ódio, usam meia lâmina de gilete entre os compridos cabelos verdes. Por amor e por ódio matam.

Depois choram, as asas em frangalhos ao pé da cama, ó estranhos meninos de cabelos verdes.

Que cirandas brincam os meninos com esses homens que os caçam nos jogos de futebol, nas saídas de matinê, até na porta de casa? Por onde passeiam, de mãos dadas, longe do olhar das mães? Qual o gosto do seu primeiro beijo na boquinha pintada?

Ah, perversos homens que invadem os seus jogos infantis. Predadores que esmagam os seus corpinhos de boneca, tingem para sempre de verde os seus cabelos. Eles os perseguem até debaixo da cama. No quarto de porta fechada.

Anjos expulsos do céu, os pobres meninos de cabelos verdes gritam, com suas finas vozes, pelo castigo desses brutos

Em vão eles gritam.

O Cedro

Hospital. Pátio. Árvore.

Antigo cedro rodeado pelo banco, onde os doentes de pijama vêm jogar dominó. Fracos, magros, amarelos. Alguns se deitam ao sol, de meias, o pé frio. No verão disputam um lugar à sombra do cedro.

Uma sombra redonda que se arrasta na areia: o ponteiro do relógio de sol. Entre as paredes brancas e a areia do pátio essa única árvore é, para eles, uma tenda no deserto — a todos pode abrigar na sua grande asa materna. Os convalescentes se deliciam no refúgio perfumado.

À noite o vento sussurra na copa e dela se lançam em voo cego, batendo nas vidraças fechadas, os morcegos da morte.

O sol deslumbra os enfermos que, na sombra, tentam em vão riscar com suas frágeis unhas as iniciais no duro tronco — o último sinal de passagem na terra. Barbudos, olhos fundos, pulam no único pé. Outros têm uma venda no olho. Alguns simplesmente coçam a barriga. Todos à espera do toque da sineta: café, almoço, janta.

No tédio das paredes brancas da enfermaria, dos longos corredores, das salas sinistras de cirurgia, a sua distração e consolo é a grande árvore do pátio: a sombra acolhedora, a fragrância dos seus galhos gritando verde! verde! os pardais que na chuva ali se protegem.

Sentados, de costas no tronco, espiam os serventes que portam uma cama vazia, o colchão dobrado ao avesso. Bem sabem o que significa uma cama sem dono e um colchão ao sol.

Flui o tempo em silêncio no pátio. O sol se move ao redor do tronco. Eles seguem o giro da sombra.

O cedro em surdina cresce, estende os galhos sobre o telhado. Quer fugir do pátio, longe dos doentes nos pijamas manchados de café com leite.

Retorce as raízes na terra. Eis que se eleva acima das altas paredes.

Além do sangue, do pus, da gaze, do clorofórmio, da dor.

O Barquinho

O barquinho aos pulos entre as ondas. No fundo do beliche ouço, de olho fechado, as pílulas que saltam no vidro de remédio.

*

Honfleur. Bebo tanta cidra que trauteio na rua do porto: *um dia passo bem, dois e três passo mal, isso é muito natural.* Canto sem voz, mas de muito sentimento.

*

Arnhem. Vai-se indo calmamente e súbito, epa! Um navio surge detrás do moinho, em terra firme, navegando.

Chego mais perto: é um canal. Em toda parte, os barcos passeiam entre vaquinhas e tulipas. Mastros de mistura com pás de moinhos. À sua passagem ondulam os tapetes de flores nas margens.

À noite, nas barcaças iluminadas em trânsito, crianças brincam no meio de cães e gatos. Homens bebem e cantam. Mulheres conversam e estalam as agulhas de tricô.

*

Colônia. Gárgulas intactas. Não as imagens de santos entre as ruínas da Catedral. Narizes quebrados, pernas perdidas. Asas em cacos pelo chão, pobres galinhas depenadas.

O anjo que tocava a trombeta perdeu ela.

*

Salzburgo. Sob as velhas árvores, à beira do Salzach, os meninos brincam de sardinha: atiram pedras chatas que espirram na superfície. O cãozinho preto corre atrás da borboleta e, entre o grito alegre dos piás, cai n'água.

*

Ao sol, o mocinho doente joga xadrez com a enfermeira: ele perde.

Marcho em triunfo, a cabeça nua, o paletó no ombro. Uma jovem mãe faz bu-bu para a criança que faz bá-bá. Na curva da estrada, a mochila no chão, descansa o andarilho de perna só.

A carroça de ciganos, empurrada pelos homens cantando, sobe devagar a montanha entre a névoa do bosque.

Passa ao meu lado, sério, W. A. Mozart menino: "*Guten Morgen, Herr Mozart.*"

*

Bom amigo Gaston, nos jardins de Luxemburgo, em disputa vespertina de *cricket*. A velha boina azul, o nariz vermelho de vinho. Não me disse palavra, nem me viu, absorto no martelo de brinquedo.

Não menos caros pescadores do Sena. Armados de apetrechos — minhoca, verme, massinha num anel do dedo —, em sossego nos bancos de lona, pescam ou fingem.

Um velho põe o óculo para enfiar a minhoca.

Chega de bicicleta, ruivo e suarento, Van Gogh que arma o seu tripé. Todos o ignoram. Um pescador só tem olhos para o peixe invisível.

No rio verde flutuam rubras folhas da cabeleira incendiada dos castanheiros. À sombra deles crianças correm e se perdem aos gritos.

Entre os meus amigos (nunca fisgaram único peixe) eu, abanando a cauda, cãozinho vagabundo em festa.

*

Hora de dormir. Fecho os olhos e arredo a nuvem cantante dos pernilongos da saudade: há mais aventura na velha casa de Bagdá que em todo o mar dos mares.

Josué

Às treze horas de ontem, na Rua Barão do Serro Azul, o ciclista Josué dos Santos costurava a sua magrela — epa, uma finta! uai, nova firula! olé, outro fininho! — pelo trânsito selvagem.

Na seção de ocorrências policiais consta que era funileiro autônomo. Tudo o que sabemos, além de que morreu. Um ciclista qualquer, curvado sobre o guidão, riscando o trim-trim da campainha.

Na volta do almoço corria decerto para atender a um chamado, quando o caminhão, na ultrapassagem, matou-o quase de imediato. Josué ainda moço, não se foi sem deixar um recado, ao contrário dos velhos ciclistas exaustos de tanto pedalar.

O caminhão passou por cima do corpo e da bicicleta de Josué. Não morreu de pronto. Iniciou uma frase:

— Avi...se... Ma...ri...

E mais nada. A bicicleta e o corpo, um só Josué. Ao separarem cabeça torta e guidão retorcido, que fim o levou?

O caminhoneiro, após exame de dosagem alcoólica, liberado seguiu viagem. Josué, esse, conduzido ao necrotério, um dos braços arrastando no chão.

Para que cidade, à uma hora da tarde no relógio da Catedral, tripulou o seu pássaro de roda sem aros? Já desviara antes de caminhões que lhe mordiam a nuca e, dobrando-se sobre o guidão, girava destemido os pedais. O vento na cara, por onde o suor escorria, quase ergueu voo na Praça Tiradentes se um guarda na esquina não fecha o sinal.

Outra vez monta o seu cavalinho de arame e sai chispado para a morte, à uma da tarde em todos os relógios da Praça Tiradentes. É a hora em que os caminhões almoçam ciclistas. Entre um para-choque com dez toneladas de carga e o magro peito de Josué, quem pode mais?

O baque fundiu o moço e o brinquedo de passeio em bicicleta cubista. Primeiro ela pousou num galho florido de ipê, depois na torre esquerda da Catedral e, já pintada de ouro, se perde na próxima nuvem.

No reino dos ciclistas os caminhões são proibidos e Josué entrou sem perigo no céu, ainda que na contramão.

O sangue derramado no asfalto viajou nos pneus de carros em várias direções. Algumas gotas para o norte, outras para a Cordilheira dos Andes, as mais preciosas para a rua da namorada: era sangue do coração de Josué.

Ele morreu como um bom ciclista: quase de imediato. Se um de nós cai, outro já decola à uma da tarde, o peito impávido contra a baioneta calada dos para-choques. Investe aos saltos, o coração pequeno de medo, e nenhum pensa em usar colete de aço.

Josué, humilde e buliçoso pardal da cidade. Os passarões menosprezam os pobres pardaizinhos, que não têm penas coloridas nem cantam. Eco ao trim-trim da nossa campainha — ai, ai, socorro! —, igual apelo é o seu pipio aflito.

Agora todos sabemos, Josué, da sua curta biografia. Precisou morrer para ser lembrado, ao menos por instante. Josué dos Santos, ciclista do sem-fim azul e, ao que parece, funileiro autônomo.

Em cada esquina desta cidade a morte pede carona.

Amanhã qual de nós, ao lhe estender a mão, estará fazendo a sua última cortesia?

A Flor

Nunca tinha visto demorado uma flor. Sabia dela por informação. Não distinguia uma da outra. Quem sabe a julgasse indigna do coração dum homem.

Ora, certo dia, capricho ou tédio, enfiou um graveto na terra.

A flor é coisa delicada no reino feroz de cão, gato, casal de garnisé. Um galho feio e torto, esse aí, sem nada de flor. Na estiagem, única vez o borrifou com umas poucas gotas.

E não mais se ocupava dele, vintém perdido, inútil no canto do pátio.

Num sábado, de passagem, desbastou o capim que rouba o sol do raquítico arbusto. E, doravante, se insistisse em vingar, que mate a sede com o bafejo do orvalho. À sombra da varanda se abrigue da geada e das pedras do granizo. Enterre fundo as raízes e alongue a cabeça fora da água nas enchentes. E se defenda com unha e dente do ataque devastador das formigas-de-fogo.

Desde então o homem se dispensou de regá-lo ou protegê-lo do mato inimigo.

Simplesmente o esqueceu.

De volta a casa, num dia qualquer, eis que se abaixou para amarrar o sapato. E viu, no quintal abandonado, o quê?

Uma flor — o seu grande olho aberto para ele.

Há dias era uma flor. Não o chamara, decerto amor-próprio. Ele nunca tinha se demorado a observar uma flor. E soube sem erro: embora filha enjeitada, ela era. Todinha flor.

Cogitou do nome, não sabia. Não a associava a nenhuma forma, cor ou perfume. Existia, ali presente. Fosse por único dia, uma única hora.

Apalpou-a: entre os dedos batia um coração de andorinha.

Capri

No nicho do muro um presepio. Entre carneiros e burricos, o velhote nu. Tibério em pessoa? Compunha cada dia a canção que as sereias gorgolejavam para Ulisses.

*

A mulher me aborda: um pátio inteiro dos milagres. Propõe amor fácil e barato. Diz que é marquesa e abre a boca num riso de dois caninos.

Olho-a com tamanho horror que me amaldiçoa e aponta, impaciente, a garota ali na esquina. A palavra amor, uma laranja podre na boca da velha.

A mocinha tem os olhos baixos que, ao sinal da outra, ergue num clarão de lascívia feroz. De sandália, o vestidinho amarelo desbotado. Um ramo de flores murchas na mão esquerda.

Não me lembro se rosas ou camélias, que ela esqueceu sobre a cama.

*

Em Waterloo. Nem trapo de bandeiras, nem o chapéu de Fabrício del Dongo, nem a ferradura do cavalo branco de Napoleão: só as vaquinhas pastando.

*

Na fronteira como 2 *rollmops*, 1 arenque cru, 1 peixe frito, 1 peixe frito (diferente), 5 cebolas em conserva, 2 pepinos azedos.

Tulipas só em maio, informa a vendedora.

*

Napolitanas: nutrientes fatias de polenta na chapa, onde se lambe a minha cara de fome.

*

O anjo tira o menino nu da boca de Maria deitada, entre os padres da igreja que folheiam, óculo no nariz, os grossos livros.

*

Chego de tardinha na velha ponte. Um rio histórico, e todos não são? A ponte curta porém larga. Cabem umas dez lojinhas, cinco ou seis de ambos os lados. Cada uma, já pensou?, vende grapa com sabor diverso.

Poucos passos. Uma longa travessia. De que lado entrei? E de qual saí?

*

Granada. Pensão Príncipe, trinta e cinco pesetas, *pensión* completa. Deixo crescer um cavanhaque para as granadinas. Aprendo a fumar o cigarro até a última tragada.

*

Na Serra Morena não encontro nem a fanhosa Carmen das castanholas nem os bandoleiros de maus bofes e poucos dentes do Circo Chic-Chic.

*

Nápoles. Na porta da pizzaria o cego: dois botões brancos pregados no rosto.

Entre os agudos (ele é cantor) pigarreia no meio da canção. Oferece o pires diante das mesas. Na única vazia, sacudindo o pires, bate muito as pálpebras para ver melhor.

*

Fim da viagem, salto em terra, *eppur si muove!*

*

Ah, é? Saco do 38 e atiro no peito da palavra fugidia.

As Formigas

Uma põe sal na sopa, outra costura para fora, a terceira é filha de Maria. As três usam coque.

Reservam, no bolso do avental, bala azedinha para se deliciarem, no meio da noite, escondidas umas das outras. Acomodam-se à beira do fogão a lenha e cabeceiam até a hora de deitar. Lá se vão, arrastando o chinelo de feltro, com o pezinho frio.

Aí chegou o rato, na verdade um camundongo. A filha de Maria descobriu o buraco no rodapé do banheiro. Nunca mais elas tomaram banho sozinhas, sempre uma de vassoura na mão, em guarda na porta.

Pela toca deve ser um rato com focinho de buldogue. Aproximam as cadeiras e ouvem, ao clarão do fogo, o rato que rói. Batem a vassoura no soalho. Faz-se silêncio. Elas se olham (rói) medrosas. Dormem encolhidas na cama, não lhes roube o ratinho o dedão do pé.

Aí foi a vez da formiga. Nas cinzas do fogão o seu ninho? A que costura pra fora sentiu a primeira picada. Já não podem sentar no caixão da lenha, o lugar mais conchegante da casa, cada dia era de uma.

As formigas boiam na sopa. De nada vale a água fervente. Benzedura na lua cheia. É formiga demais, um carreiro sem fim. E elas, três pobres velhinhas.

Ai, não. Ei-las, de novo, malditas. Avançam na parede em longa procissão até a gaiola do pintassilva, para roubar a gema do ovo.

Cochilam as velhas gatas borralheiras, de coraçãozinho ofegante. Ora o medo do ratão que já vai subir pelo chinelo de uma. Ora das formigas, que marcham unidas para devorar o ovo o pintassilva as três avozinhas.

Assim que fechem os olhos mortos de sono.

A Ronda

Curitiba é afinal uma cidade moderna. Já tem a famosa ronda noturna. Surgem as patrulhas na calada do crepúsculo quando o orvalho vem caindo. O mistério da sua origem é o mesmo que concebe o orvalho.

Na primeira esquina erguem uma torre de observação no castelo de frio e estrelas. Um exército com bandeira única: o casaco de pele.

Guerreiras mercenárias enfrentam sem medo os perigos que, na sombra das vielas perdidas, ameaçam a paz das famílias. A cidade sitiada se defende com a numerosa tropa que ocupa nossas ruas.

Amazonas do asfalto cavalgam sobre a madrugada que anunciam com gritinhos na porta dos bares. O clarim do sol é o toque de recolher, ninguém localizará o seu quartel.

O baixo mundo se ilumina de mil foquinhos vermelhos para receber as gladiadoras de incruentos porém feros combates corpo a corpo.

Nada as demove no seu passeio: sob a última luz acesa, uma delas marcha, obstinada. De um poste a outro, desfilam sem temor do frio, da chuva, da morte no punhal traiçoeiro.

O seu passo cadenciado de salto alto embala o sonho dos guardas-noturnos.

Usam duas armas fatais: o tremido das ancas e o sorriso, ah! mais perigoso com dentinho de ouro. Uma piscadela é o seu desafio, antes convite para doces batalhas.

Sob o capuz da noite, samaritanas faiscantes de vidrilho e lantejoula, amparam os bêbados na sarjeta, policiam o trânsito dos notívagos. E guiam de regresso ao lar os nossos maridos transviados.

Insônia ou tédio as instiga na vigília incansável. Feia noite para serenata. E, menestréis de bandolim ao ombro, se revezam sob a varanda dos dorminhocos.

Os becos para elas não têm mistério.

Pelas estrelas sabem das horas.

A sua ronda patrulha a noite.

Vela o sono das mães de família.

Iô Hô Hô!

Enxugo mais um trago de rum e me vou, Sinbad em Curitiba, flanando. O crepúsculo desmaia da copa das árvores em pétalas de cinza pelo chão. Na Praça Osório o relógio marca uma hora em ponto.

Entro numa estalagem, iô hô hô e uma botelha de rum. Quinze homens sobre o baú do morto, qual deles sou eu?

A mão em concha na orelha escuto o gorjeio das sereias: *uig iii ui g u.*

Ora, uma simples mosca.

Que voa, com a fumaça do cigarro.

Me puxa pelo braço um tipo barbudo que oferece o bilhete premiado da loteria. A sorte grande dos homens já não me interessa.

Fujo desse olho vazado no meio da testa que me persegue.

Muito tarde para ignorar: a bem-querida, única entre todas, propõe amor aos homens na esquina.

Ao me ver, imperturbável:

— Não esqueça do baile, capitão.

Aceno e sigo em frente.

Cansado me deito na grama tépida do jardim. Aqui navego perigosamente pelos mares entre baleias voadoras e dragões de fogo.

Nada perco de olhos fechados: elejo as paisagens, eu que jamais apreciei belas paisagens. Adivinho, se quero, a minha vida inteira em Bassorá. Onipresente, grão-vizir das palavras e viagens encantadas.

O lucro fácil de mercador, não as aventuras, me guiou entre naufrágios. Se nada ganhei, a culpa não é do mar. Certo, da rua chegam agora sons da terra, porém são as ondas que ouço — cascas de nozes rolam e se quebram nas pedras.

O barco se arrasta, tartaruga de barriga para o ar — eis-me longe de mim, embora sem saudade. Imóvel entre as rosas desfruto, doce embalo, o jogo das ondas. Quase dormindo, as mãos na nuca, visito uma e outra lembrança preciosa, fios de cabelo no sabonete após o banho.

Deixo o abrigo das árvores, negros passarões que sacodem as penas. As manequins seminuas de calcinha e sutiã me namoram nas vitrinas apagadas. Uma delas grita o meu nome, repica o sino na torre da igreja, guincha um morcego em revoada.

Me dirijo à loira com o cigarro apagado na boca:

— Oi, que horas são?

Muito cedo para o encontro. No céu acende o anúncio luminoso da lua. Ao vê-la tão linda, dói mais a outra, adorável ingrata.

Ali no obelisco da praça o relógio parado marca uma da manhã. A neblina envolve a cabeça dos notívagos numa auréola de gás neon. Levanto a gola do paletó e sigo, as mãos no bolso.

Afinal, na esquina, lá vem ela, a bem-querida.

Iô hô hô! Ancas fartas e rijas de galera antiga aportando ao cais, os remos no ar e os negros cabelos de bucaneira esvoaçantes no mastro.

Me dá o braço, aninhada no casaco de pele. Os varredores de rua chegam com suas longas vassouras de pó. No primeiro bar ordeno cachorro-quente e chope duplo.

Me inclino sobre a cara pintada do amor: o sorriso com franjinha. Ela sorri, e loba que é, mostrando as presas... Beijo-a demorado, a língua titilante no céu da boca.

Na porta do Salão Grená o porteiro me barra a entrada. Gravatinha-borboleta, o riso banguela de bêbado:

— Quem é você, marujo?

Para aliciá-lo, conto a minha aventura: o cochilo na grama do jardim, o relógio parado, a bem-querida que é minha, e de todos... No fim ele comenta:

— Sinbad, que grande mentiroso!

Não me ofendo, apenas inveja. A ingrata aproveita a confusão para sumir. Busco nas ruas, chamo em vão o seu nome. Ó noite, vala comum de fogos-fátuos, corações perdidos, estrelas mortas.

Só resta um destino. No quarto da pensão, fim da viagem, ela dorme inocente, como pode?

Me debruço e observo: o amor sorrateiro guarda o rosto da pecadora. Murmura no sonho:

— Que horas são?

Bocejo entre dois tragos de rum.

— Uma hora em ponto.

Ela geme docemente um nome — não é o meu. E a mosca do ciúme desperta esfregando os olhos.

A Casa da Mesquita

A casa da Mesquita é a mais célebre da rua. Não tem, decerto, o nome tão bonito da rival Olga Paixão (onde reina, única entre todas, a minha, a tua, a nossa fabulosa Naná).

Velha, preta e feia, a Mesquita abre a escura da janela, ao toque da campainha. Igual à bruxa na história de Joãozinho e Mariazinha, para ver se o dedo da menina está gordinho para ser comido.

A casa da Mesquita é uma barca de Caronte que, por um óbolo, desembarca o viajante não na margem da morte e sim do amor.

Dia e noite, ao sinal da campainha, surge um olho na fresta da porta. A Mesquita espia: na sua presença admite só gente bem. Uma casa de respeito, por assim dizer.

Segundo a lenda foi ela quem, levando pelo braço as suas meninas, promoveu a tentação de Santo Antônio entre os gafanhotos no deserto.

Do seu quartinho quem contará? Protegido por manada de elefantes de louça para dar sorte? Uma rica boneca de cachos loiros sentada no travesseiro? A imagem de santo (Santo Antônio, não!) diante da lamparina sempre acesa?

Ela arrasta o chinelo de feltro pelos quartos, se os lençóis foram trocados e a bacia sem mancha sobre o tripé. Limpa como limpinhas as meninas. Volta depressa e bota mais lenha no fogão: nunca falta água quente para as suas Mariazinhas.

Me contam que a Mesquita morreu. Não creio, pra mim é imortal. Insistem que o coche fúnebre foi puxado por dois cavalos brancos — enterro de cafetina não faz por menos. As suas meninas apinhadas em carros de praça.

A Naná remeteu um telegrama, em nome dela e da Olga Paixão.

Outras enviaram coroas: *À sempre lembrada Mesquita com saudade eterna.*

Um Fio de Cabelo

Evita o olhar das pessoas, não lhe descubram o segredo. Que artifício usou Midas para esconder as orelhas? De ninguém semelhante.

À vontade apenas entre arame farpado e caco de vidro. As pessoas, essas, o cansam fácil. Nada em particular contra elas, simplesmente o enjoam.

Vê-las e odiá-las é obra de um instante.

Basta cismar com alguém e não pode mais vê-lo, salta a janela do quinto andar, ainda que perca o chapéu. Um desgosto físico: a náusea do próximo.

Se desejam impor-lhe a presença, assim que dão as costas, deita a língua de fora e faz caretas. De castigo, não por aborrecer o alheio e sim não conseguir evitá-lo, belisca-se com a mão no bolso. Apesar das manchas roxas na perna, cada vez gosta de menos gente.

Que louco sou eu?, indaga apressado na rua, de olho baixo, para não ver um conhecido. Este não é o meu mundo, esta não é a minha gente. A sua imagem de relance na vitrina: igual aos outros, a mesma roupa, quase a mesma cara.

Midas soube encobrir a orelha asinina. Como riscar dos olhos a náusea? Sonha deliciado com a casa sem janelas onde, livre de todos os chatos, as visitas baterão palmas diante de uma porta que nunca se abrirá.

Pede tão pouco: viver em paz, com as poucas pessoas que aprecia. Para sua danação tem muita gente na cidade, janeleira demais na rua. Arma-se de ódio eterno para reinventar cada dia o seu gêmeo Tibério reinando sobre as grutas desertas de Anacapri.

É o que lhe resta: a solidão, o monólogo. Um dia se bastará a si mesmo. Ainda sofre o tédio e o amor. Quem sabe tolere a vida com olhos tristes. Logo logo o seu vizinho o afetará menos que um fio de cabelo no pente. Leve sopro. E puf!

Sinbad em Terra

O mais belo do mar é o meu navio visto de terra. A viagem não é uma fuga das coisas nem de mim: eu vou junto. Longe, mais a elas me prendo. Em todo lugar as levo comigo, esse mesmo turbante azul na cabeça.

O exílio no mar não muda a pessoa, e se pareço outro, é natural: estou mais velho. Vejam Sinbad como fala. É ele ou uma gorda turca de bigode no seu café de mulheres da vida?

Não a viagem, só o amor transforma — ai de mim — por uma noite? uma semana? um mês? Coisa e gente, as mesmas. Outras só para nós, amantes. Quando ele acaba ou substituído por outro, de novo as deparamos como são, e sempre foram.

O coração louco súbito a bater, uma escotilha invadida de arrasto pelas ondas. À noite, estrelas polares da terra, eis que elas apontam nas esquinas, saltos altos e bolsa no ombro.

Se há viagem maravilhosa é nessa criatura nuazinha na colcha vermelha do bordel.

De tantas coisas e pessoas estive tão perto, por um instante significaram tanto. E agora? Já deslembradas, em vão as busco na memória: certa rua de Florença, um porre em Heidelberg, o nome de Michèle.

Tão poucas palavras, tão mínimos gestos, tão o mesmo em tudo o ato do amor: iguais os beijos da mesma boca.

E refaço o gesto, e digo a palavra, e dou o beijo: isso é amor?

O tédio, ah, o tédio, navalha oculta no sovaco do marujo. Não faria outra coisa senão viajar mesmo porque não sei. A gente vai aqui e ali. E vai pela rua ou pelo mar a parte nenhuma, sem nunca lá chegar.

Na volta de não sei quantos reinos mágicos gosto é de me debruçar na beira do rio, nos fundos de casa, e pesco vulgares lambaris de rabo dourado.

Só para vender os meus vasos e tapetes é que parti. Não atrás de aventuras, que tenho mulher e filhos, antes levado pela cobiça, o lucro fácil de mercador. Em casa, os bons sentimentos, o lugar à cabeceira da mesa, os favores do califa.

E por que tanto e tão longe me perdi em viagens, amores e naufrágios?

O quarto na velha casa de Bagdá, ele sim, o mais fabuloso reino da aventura. Lâmpada nenhuma de Aladim se compara à minha fantasia. Só em casa pude sentir o fascínio dos longes.

Nomes de países e donas irrompem em todo o mistério e esplendor. Lá provei decerto prazeres sem conta. Correndo as ruas atrás de mulher estranha. Bebendo um trago de rum após outro, entre marujos barbudos e ferozes.

Cada vez, de regresso, me digo: tudo mudou. Nunca mais, eu repito, serei o mesmo. Tanta façanha incrível, tanta sensação diversa. Quanta pessoa original me impressionou. E fecho os olhos para ver a única gente e lugar verdadeiros.

Sou o mesmo Sinbad que partiu. Tão igual a ele, a meia-lua de marfim na orelha esquerda, a cicatriz de adaga no canto da boca. Assim depressa voltei ao que era. E não mais queria ser.

Convite para embarcar. De novo.

Saída de Missa

Ei-las de olhos baixos no recolhimento da prece. Entre os anjos da guarda com uma espada na mão, noivas prometidas se ajoelham no casto esponsal da missa ao domingo.

Em suas roupagens rutilantes, de braços nus, quem pode vê-las sem pensar em querubins? Ou, nos seus lábios purpurinos, em ânforas de flores?

Dos serafins têm as mãos postas e os rostinhos mimosos, a pedra não lhes fere os joelhos. Das flores lembram os gestos de pétalas sopradas ao vento.

Mocinhas crentes no inferno rezam com tão virtuosa imagem. Arcanjos quem sabe, escondem as asas nas pregas do vestido. Assim puras, nostálgicas do céu, perdidas em cisma, os dedos brincam nas contas do rosário.

Serão decerto iluminuras douradas num missal que, ao toque da sineta, fogem das páginas onde estão impressas. E já se mudam em grinaldas de rosas e lírios com vozes de pássaros. Tocadas de graça, que óleo de piedoso amor escorre por entre as suas pálpebras que piscam ao sol?

Em bando, surgem de braço dado, pintassilgos ocultos no céu da boca. Ou, sozinhas, cabeça baixa, o livro negro na mão.

Ai, como são belas as mocinhas na saída da missa. Onde se esconde tamanha graça que a outra hora não é a mesma? Conservam ainda na ponta dos dedos a unção do sinal da cruz, no andar a postura hierática da genuflexão, nas maçãs da face o róseo de serafins rubicundos. E nos olhinhos dois hissopes respingam a água benta das primícias e delícias de viver.

Lá se vão, os longos cabelos acenando saltitantes nos ombros. Inocentes meninas que distribuem as suas prendas. E rainhas generosas atiram brioche aos pobres.

Ó magia de tão fugaz duração! Garotas que são livros de horas para ler na missa. Elas próprias, naves frescas de vitrais coloridos.

No domingo acendem um arco-íris na porta de cada igreja.

Noite

Friorento, o sol se recolhe sobre os últimos telhados. O vento balouça de leve a samambaia na varanda. A casa toda em sossego. No quintal o cãozinho late aos pardais que se aninham entre as folhas.

A magnólia pende a cabeça com sono. Já não bole a cortina.

No silêncio da penumbra se ouve cada vez mais alto o coração delator do tempo: um relógio.

Diante da janela o passarão da noite farfalha as asas. O galo não gala a galinha. Duros objetos perdem os contornos agressivos. Há paz na cidade.

Em pé no balcão os operários bebem cálice de pinga. As caixeiras deixam as lojas com a bolsinha na mão. Eis a noite que se esgueira em surdina no fundo dos quintais.

As mulheres são mais queridas a essa hora. O rosto iluminado pelo farol dos carros é promessa de delícias.

Os bondes sacolejam nos trilhos, em cada janela um rosto diferente. O mundo não é uma festa de prodígios: gnomos, baleias voadoras, unicórnios, basiliscos de fogo?

Escancaram as sete portas da noite. O ar povoado de sombras. Não mais o dia dos pequenos ódios nos olhos, das injúrias furiosas pelas costas. Os carros já não devoram ciclistas.

Enxugando os dedos no avental, as mães chamam os filhos que brincam na rua.

Se aquietam as vozes. Os pardais não pipiam nas árvores. Nem late o cãozinho.

A pomba da noite é mansa. Arrulha o amor na sopa quente sobre a mesa.

Soneto Veneziano

O sol desfralda as velas do barco de fogo diante da janela. Acabo de me enxugar e mal encosto o dedo no peito brota uma gota gorda de suor. Com uma gramática no braço, me perco entre as pontes e sento num degrau de sombra.

Observo as pessoas que, se conjugo verbo, discutem o preço do pescado. Outros preferem as flores de grandes olhos abertos em cores. Os peixeiros atiram baldes d'água sobre as enguias enjeitadas.

Um velho surge na porta e distribui migalhas aos pombos. Salto as pontes e me vou sob a areia abrasada do céu.

Sinos de igreja repicam pelos telhados — andorinhas que pegaram fogo e voam para se refrescar?

Afasto a cortina de contas coloridas do restaurante. Diante do vinho os pedaços fritos de cobra-d'água que, apesar da fome, engulo sem prazer.

Peço mais vinho e me alegro: oi tchiribim tchiribim tchiribela.

Antes de sair, enxugo o rosto no guardanapo. Manchas de vinho, não de sangue.

Sob a janela chegam os lixeiros nos seus barcos e as redes de pescar, não borboletas, mas cascas de fruta, papéis, pontas de cigarro. Coço os pés nus: aqui as moscas mordem.

Na rua sopra candente o siroco.

Me divirto à tarde cuspindo das quatrocentas pontes no canal e conto em voz baixa o tempo da queda do cuspo n'água. Meus olhos se abrem para as cores. De cinza o céu imenso, verde-abacate a água. As torres bizantinas douradas.

Na pracinha os cavalos de bronze floridos de pombas. Diante dos cafés, mesinhas verdes e cadeiras amarelas. Sacadas brancas e portões enferrujados, ô lá lá! cobertos de trepadeiras de glicínias.

E sobre a cidade uma calça velha de telhados tecidos de remendos. As telhas goivas pintalgadas de vermelho. O pontilhado das chaminés de chapeuzinho — um vero batalhão de êêê com acento circunflexo.

À sombra das sacadas os pombos passeiam as galochas escarlate novas. Na laguna, ao som da música dos cafés, os finos mastros dos barquinhos balouçam, batutas regendo as cabeças azuis das ondas.

Sob a ponte um enterro de gôndolas pretas com seus guarda-chuvas abertos.

É noite: ó estrelas. A lua, bela como o reflexo da lua na água. Chegam as putanas mais douradas que mosaicos de igreja.

Um concerto de bandinha no pátio. Namorados se beijam e trocam carícias. Desliza Jean Cocteau — ele, sim! — na almofada de uma gôndola. Com tremido na voz recita versos em francês para o seu gondoleiro do amor.

Na sacada seguinte Desdêmona penteia os longos cabelos e, quando Otelo lhe dá as costas, não é que me pisca o olhinho, a pérfida?

Jovens audazes e nus se atiram da ponte aos gritos no canal. Sobem aqui e ali nos barcos, peixes saltitantes para se enxugar. Já se deitam aos pares amorosos na sombra das velas.

Durmo e, na ponte dos suspiros, adivinho a experiência de Rimbaud na sua terceira fuga de casa.

Chove, Chuva

A fumaça da chuva sobe pela chaminé das casas e se espalha sobre a cidade. Um fio de silêncio cai de cada gota. As gatas dengosas se viram de costas para dormir. Chove, chuvinha, um lado da palmeira nunca se molha.

A casa das formigas não tem porta, e quando chove, não se afogam? Piam milhares de pardais entre as folhas do chorão. Não existe melhor conchego que um barzinho. Nada como a meia grossa de lã. Apaixonadas ou não, mocinhas espirram na fila do ônibus.

Neste instante há no mínimo três mil pessoas infelizes com o sapato furado. Basta que não chova eu me chamo Felipe, o Belo. Como pisar na lama, garotas de várzea, sem sujar as sapatilhas? Orelhas de piás são puxadas por brincarem na chuva. Os mascates que vendem maçã na rua em desespero comem as maçãs?

Não estivesse chovendo eu teria sete filhos. Guardas de trânsito abrem os braços na esquina e apitam:

por que choves, Senhor? Chove que chuva, apaga o meu recado de amor no muro.

Mães pensam nos filhos tão longe, uns dedos trêmulos na vidraça: dona mãe, me deixa entrar. Em cada lata vazia repicam os sinos da chuva.

As mãos no bolso não esquentam. Alguns viúvos choram na fila, esse ônibus nunca não vem. Ora, gotas de chuva, pensam os vizinhos. Todos querem esse guarda-chuva esquecido num dia de sol, quando havia sol.

Os rabanetes no canteiro pulam as cabecinhas de fora.

Os armários das velhas casas estalam. Antigos baús são abertos, dia ruim para as traças. Há medo de vampiro na cidade.

Asinhas encharcadas, filhotes de pardais caem das árvores e se afogam nas poças.

As vovozinhas choram de frio na beira do fogão a lenha. Cães arranham a porta, licença para entrar. A sopa de caldo de feijão, epa! te queimou a língua.

Mesmo com chuva, há pares de namorados à sombra das árvores. Nem a chuva tira uma solteirona da janela.

Chapinhando as poças investe uma trinca de gordalhufas — pra cá pra lá, bundalhões hotentotes tremelicantes!

Senhor, tão bom se não chovesse. Ah, não chovesse, eu usaria barbicha. Não tivesse chovido eu casava com a Lia e não a Raquel.

Pra onde fogem os sorveteiros quando chove? Se chove, mais difícil enfrentar o vento sul sem perder o chapéu. Homens chegam em casa, esfregam o pé no capacho e sentam para comer, dizendo: *chuva desgracida*.

Uma rosa no teu jardim abre as mil pálpebras do único olho.

O vento despenteia a cabeleira da chuva sobre os telhados.

Mesmo quando para a chuva, as árvores continuam chovendo.

A chuva lava o rosto dos teus mortos queridos.

Viagens

Ao fim de tantas viagens maravilhosas o que aprendi? Bobagem que elas ilustram. Certo, posso falar horas num bar, meio bêbado, sobre aventuras. Isso me faz antes um caixeiro-viajante no mercado de Bagdá.

O tédio de saber o que vai achar em cada lugar desconhecido. Depara com o tipo bizarro de língua estranha: se abre a boca já sei o que vai dizer — e antes dele.

Não é o caminho das Índias que persigo: a mim me descubro. Ai! sempre o mesmo, cada vez mais eu. Estou em Capri, mas depois de estar em casa. Nunca saí do mesmo lugar, nem descalcei a surrada pantufa de bico.

Olho o marzão besta, agora em sossego. Não enjoa menos que um pôr do sol na aldeia do Tibete ou uma festa nas ruas de Bassorá. A sensação de quem navegou meia vida sobre o mar é de que perdeu grandes coisas em terra.

Pior de tudo, a companhia de gente aborrecida. A negação de qualquer intimidade: no fundo do porão ou no mastro mais alto nunca está só. Sempre o olho do outro nos vê.

Noite sem lua, mesmo a névoa ou a estrela polar não te protegem do amigo que pede um maravedi ou da mulher que diz adeus. Nunca eles se inventam, iguais às histórias dos velhos marujos. Por isso me chamam Sinbad, o mentiroso.

Somos vários? Sou um. A constância não só na cor dos olhos ou no desenho da boca, mas no amor volúvel, a navalha no turbante, a meia-lua na orelha esquerda. Você quer mudar porque o lugar varia. Sempre os mesmos, lugar e gente.

No fim do porto, na mesa do bar, a porta se abre, espero um desconhecido: sempre eu que chegava.

Escravo da primeira mulher (ó ginete de carne rósea e cascos de pó de arroz!), apesar de quantas cavalguei nas ondas da maré montante. E não é que a vazante devolve à praia o eterno corpo da mesma mulher?

O mar, ah! o mar é o único reino vazio de sereia.

O Vulto

Espia de olhos baixos e, se me distraio, ainda por pouco, eis o seu toque furtivo que alisa a ruga na testa. Desvio o beijo importuno do perdão e viro a outra face

Na cadeira de embalo, pretensa distraída, ela estala as agulhas de tricô.

E a mesa com o vaso de flores nos separa.

Apenas frases banais para não se denunciar e, também eu, me faço de tolo quando, num relance, lhe descubro o amor, não em ocas palavras e sim no jeito quieto e calado. Mais que contra os fantasmas da infância tem poder sobre os remorsos do filho pródigo.

De longe o seu pequeno vulto estende uma coberta de lã sobre o corpo tremente de frio. Perdido em cidade estranha, sou uma estátua de sal na praça. Bando de pardais ladrões me belisca o peito por uma migalha. Se não estou chorando, por que lágrimas rolam pelo rosto: ela, sempre ela, a sofrer por mim? Os pardais bem se deliciam.

No conchego discreto de sua ternura me abrigo. Com um sorriso afasta o vagalhão prestes a tudo arrebatar e, de súbito manso, beija o meu pé na areia.

O nosso amor é caprichoso. Esconde-se do outro. Não a busco e tenho quando quero. Se me perturba a sua calma presença, esquece o pó dos móveis e no sussurro gracioso do chinelinho se desvanece na primeira porta.

Mais que a toalha e a garrafa de vinho ela enfeita a mesa.

A todos se dá, o pão cortado na cestinha.

O seu silêncio propõe a conversa. Se discuto com alguém, a suave sombra na cadeira já me desarma e recolho o grito no ar.

Deixo-a sozinha, mas não triste.

Diante da janela se inclina para ouvir as queixas do canário amarelo na gaiola.

É quando as violetas vêm beber água na concha de suas mãos.

O Anjo

É um anjo, não há dúvida: apalpo, um tantinho gordo, e cheiro, um pouco suado. Tem uns apóstolos suspeitos que inventam cada milagre! Um anjo, para falar a verdade, decaído, sujo, asa esquerda rasgada. Ao que se soube, dera um salto duplo (tentativa sacrílega de suicídio?) do terceiro vitral na Igreja do Bom Jesus.

Feliz da vida, agora se diverte atirando batatinha frita na cabeça das damas da noite que às três da matina tomam sopa de cebola no Bar do Luís. Saúda pelo nome quem chega, sabe os segredos íntimos de bandida, cafifa, michê, coronel.

De repente a confusão: acusa um guarda-noturno de ter-lhe surrupiado o relógio de pulso (anjo, é sabido, odeia relógio). O guarda exige sua carteira de identidade, ele declara a condição de anjo — epa! leva um murro no olho.

O anjo numa cuspidela muda-o em botelha de rum da Jamaica, que bebemos todos, o anjo a piscar o olhinho roxo.

Senta uma dama alegre no colo e quer por força um ósculo (linguagem de anjo, ósculo!). Ela se nega, a boca é para beijar o filhinho. O anjo a arrasta pelos cabelos para baixo da mesa, onde, entre ossos de frango e espuma de cerveja, dorme por sete dias.

Invocado, o anjo estranha a costeleta do leiteiro que chega manhã cedinho. Xinga-o de quanto nome feio, o leiteiro saca uma navalha, epa! risca em cruz o nariz do anjo. Esse não pode ver sangue e cai durinho de costas.

Pronto levanta, sacode o pó da asa em frangalhos, cadê o leiteiro? Se escafedeu, longe na carrocinha a galope. Tempo de afastar a atenção geral. Pudera, um anjo baderneiro!

Estala os dedos: encarna as moscas sobre a mesa em bombons de licor, que oferece às musas dos inferninhos. E os garçons em aves-do-paraíso que se penduram nos globos de luz.

Nessa hora, para ver o anjo, há barricada nas portas e feros combates na cozinha.

O fim do anjo é triste: surge do meio do nada o maestro Remo de Pérsis e, abraçados, rompem em dó de peito a protofonia do *Guarani*.

Fatal: antes que puxe do braço uma terceira asa de reserva... Ai, não, linchado pela multidão em fúria. Aos berros de *Morte ao tarado!*

Mortinho, ninguém mais duvida. Um anjo de verdade, na roupinha nova de marinheiro.

Ainda não vi outro anjo.

Natal para Sinbad

Seis da tarde, as mãos no bolso, um lobo do mar solitário em terra. Sinto a cada passo a meia molhada no furo do sapato. Desde a manhã, quando saltei do barco, erro à toa.

Comi pão e presunto cru, enxuguei cálices de rum e canecas de cerveja. Sob a garoa, mordisco o último charuto. Navego entre a porta dos bares e desvio das mulheres com sombrinhas.

A fumaça azul da chuva se ergue das pedras e mil borboletas brancas batem asas sem voar. Por uma janela eis a famosa valsinha das serenatas na minha terra. Vagueio no entorno do cais, enjoo de estar em todos os portos perdido.

A rua segue apertada entre os becos e a roupa colorida suspensa sobre as cabeças. Ela chega, olha e passa. Eu não sabia então quem era. Ando até a esquina, penso no seu sorriso e volto. Ela repete os meus gestos, pois a encontro no mesmo lugar, parados um diante do outro.

Com o mesmo sorriso, pergunta se sou músico.

"Ora, músico, eu?" Me vejo na calça azul, o furo no sapato, a meia-lua de marfim na orelha esquerda.

"Por quê?", pergunto. *A cara* (ela ri agora). *O gorro.*

Para me dar o braço, muda os pacotes de mão.

"O que leva aí?", quero saber. *Num deles o amor.* "E no outro?" Em voz baixa: *Um segredo.*

Pergunto o nome. *Mariah*, com agá, ela diz. *E o teu?* Digo-lhe e paramos na porta do bar.

É quente ali dentro. O calor das vozes e o fumo dos cachimbos. Vinho ou cerveja com rum? Ela acha o vinho caro, o que me decide: ordeno duas taças de vinho branco.

Ela ri do meu sotaque, de engrolar a sua língua, e pede que repita palavras de sentido oculto. Ri quando obedeço e assim me alegro.

Peço mais vinho para mim, ela recusa nova taça. "Natal", e repito a palavra até que a entenda. *Natal, amor*, ela concorda, os olhos úmidos. Sob a mesa, desde que chegamos, lhe aperto a pequenina mão cúmplice. Tira o meu gorro e insiste em pentear a cabeleira rebelde, só não permito que toque na barbicha. Me chama duma palavra que, se não entendo, adivinho: *Bode, meu bodinho.* É minha segunda garrafa e sua terceira taça.

Triste?, pergunta. "Solitário", respondo. Se esquiva um pouco e beijo a face direita voltada para mim. *Proibido*, ela diz, amuada. Sinto-a de repente distraída e longe. Me recosto na parede, entre a fumaça do cigarro, admiro a cabeça coroada de longos cabelos, um brinco verde na orelha.

Ela retirou a mão, acabo todo o meu vinho e, como não toca na sua taça, bebo-a também. Digo na minha língua: "Adeus?", com uma careta. Ela abre meio sorriso e oferece os lábios em perdão.

Beijo-a e mudo de ideia. Com gestos e desenhos no ar conto quem sou, de onde venho, para onde vou, e, no fim, peço que fique comigo esta noite. Mostra os pacotes, fala em alguém que a espera e quer saber aflita as horas.

Mais duas taças para mim e uma para ela, enquanto a convenço. Enfim admite não se chamar Mariah, quer mudar de vida, ser cantora popular. *Mariah, cantora fantasista*, como se lê na vidraça dos cabarés.

Sopra ao meu ouvido divertida cançoneta de amor. Não resisto, beijo-a no meio de um verso. Já se ergue, o casaco no braço.

Na rua fazemos as pazes. Garoa de leve e me sinto flutuar sobre as negras pedras. Duas portas adiante, entramos no pequeno restaurante, onde já conhecem Mariah. Uma gorda de bigode se instala à mesa e fala em voz baixa com ela, até saber que nada entendo. *Titia,* diz Mariah. "Titia", repito e ordeno mais vinho.

Não posso engolir a sopa de cebola e acendo um charuto. Vejo Mariah comer, gulosa ou, quem sabe, com fome. Às vezes me dá colheradas na boca, rebato aos tragos de vinho branco. Meio tonto, cochilo sobre o banco, o charuto apagado nos dedos e a mão doce de Mariah bulindo no meu talismã da orelha. As duas sempre aos cochichos.

Quando me vê acordar, se chega e beija na boca: o gosto do seu jantar, o ardido do meu charuto. "Amor", lhe digo. *Amor,* responde. "Natal", digo. *Natal,* ela repete.

Mais um gole, pago a despesa e levo-a comigo sob a eterna garoa. Agora ela me dá o braço. Na primeira pensão não há lugar. Com as festas, avisa o porteiro, vaga em parte alguma.

Busco em todas. Uma, duas horinhas apenas. Ofereço dinheiro, inútil. Sem rumo, beijo Mariah no vão das portas, entre o apito dos navios que se afastam. Além do frio, a meia úmida.

Ela quer ir para casa. "Tua casa?", digo. *Meu homem,* informa. Em desespero, escondo-a na sombra de um corredor deserto. Abro-lhe as pernas. Ela deixa cair os pacotes. Você os apanhou? Nem eu.

Sempre a garoa, ela arma a sombrinha. O relógio na torre bate onze horas, um barco apita na bruma. *Preciso ir,* diz mais uma vez. "Ai, Mariah", e beijo em despedida os olhos fechados, por que tão azuis?

Lá se vai depressa na garoa, acenando a sombrinha, com seus pacotes secretos. Para na esquina, eu corro na sua direção. Ela grita *Marujo bobo!* e some na curva.

Levanto a gola do casaco. Caminho bêbado, aos tropeços. Entro num bar, bebo um grogue, que arranha a goela. Nas ruas busco por ela, que já se foi. E me vejo sozinho na garoa. O coração amargo.

As casas de janelas acesas e canções alegres. Apita um navio, muitas vozes e cantiga infantil: é meia-noite.

Me afastei demais. Nenhum bar ou igreja abertos. Um tipo passa correndo, olha para trás. Eu grito "Natal!", mas não se detém.

Uma porta iluminada, entro e busco uma mesa nos fundos. Ao lado, dois caras e uma ruiva. Observo primeiro a ruiva, que sorri. Um dos tipos também, mas o outro, com uma cicatriz no queixo, não. Discutem entre eles, o risonho se ergue e senta ao lado. Traz o seu copo e bebemos juntos. Tem os lábios pintados, uma rosa encarnada na botoeira.

Não lembro da conversa, sei que indagou: *Marinheiro?* E, como Mariah, me aperta a mão delicada sobre a mesa. A ruiva se instala conosco, me encara muito e, sem esperar, alisa a barbicha. O cicatriz no queixo a esbofeteia, que rola da cadeira.

Ergo o punho para esmurrá-lo. A mão desliza no ar e, sem tocá-lo, cai e caio também. Uma clarineta toca mais alto, quando me erguem e apoiam contra a parede.

Batemos os quatro copos e bebemos ao marujo longe de casa. O tipo, com voz doce: *Je t'aime*. "Saúde!", respondo e, o copo no ar, brindo à rosa encarnada. *Money*, ele diz. Já se debruça e, antes que me afaste, me beija ou lambe o pescoço. Estou bêbado, quem se importa? A todos os avanços respondo com uma palavra "Dormir". Os olhos lânguidos de vinho turvo me enjoam. Sussurra uma cançoneta picante de amor. A mesma canção de Mariah, como pode ser? E pronto, apago.

O patrão me sacode, estou só na mesa. Esfrego a boca nas costas da mão:

"Me beijou quando dormia", e cuspo na serragem. A despesa ficou por minha conta.

Cambaleio xingando as pedras. Ouço música nos bares. Lá dentro calor, vinho, fumaça. Não deixam entrar. Se forço a entrada derrubam na rua molhada. Alguém me levanta, sigo em frente.

A garoa sempre a cair. Enrolo a manta no pescoço, enfio as mãos no bolso. Sapateio para aquecer, pra cá pra lá na mesma rua. Quase choro se lembro do meu beliche.

Vigio o crepúsculo, uma velha de bolsa no ombro me acena. *Amor*, grita desde longe. "Dormir", eu peço, alugo-lhe a cama. Proponho o negócio, mas não aceita. Em vez, enlaça o meu pescoço nos braços nus. Me desvencilho e fujo.

Na esquina um homem de capa verde, encostado à sombra do café. As pedras da rua brilham úmidas sob as lâmpadas. Numa janela adiante a mulher de olho piscante e riso brejeiro me abre a porta. "Boa noite", eu saúdo. Na sala duas ou três moças de pernas cruzadas e cigarro na boca muito pintada. Escolho uma gorda qualquer e vamos para o quarto. Diante da cama com a boneca de cachinho só penso em dormir.

Antes ela quer ver os meus dinares. Só aceita dólar e informa solícita do câmbio. Fala sobre a chuva, nunca mais vai parar. Mas não deixa que me deite. Trocar o dinheiro? No boteco da esquina, fale com o Papai. Me despeço da cama impossível e vou ao café, com pouca gente.

Papai saiu, logo volta. Sento e espero; me debruço à beira da mesa e, como outros, diante do copo intocado, apoio a cabeça no braço e cochilo.

A voz cheia de fúria me desperta. Um bêbado de olhos sanguíneos me sacode o braço. Insiste para cantar com ele uma canção que não sei.

"Marinheiro, barco", lhe digo. Não entende, berra em altos brados. No fim tira o charuto mordido da boca e oferece. Não quero e, tanto insiste, para me deixar em paz, o enfio na boca, mesmo apagado. Pede rum e, ao erguer trêmulo o cálice, já derrama sobre a mesa. Vem o patrão e o põe pra fora. Sai reclamando o charuto de volta.

Acendo o charuto, agora é meu. Caras estremunhadas bocejam ao redor. Uma cabeça de garota dorme sobre o ombro do gigolô que, desperto, vela o sonho. Ela sorri, murmura uma palavra que não distingo. Saio e volto para a minha gorda: maldição, a janela agora fechada.

Aos trancos pela rua esbarro no homem de capa, sempre na sombra. Mão no bolso, olho escondido pelo boné, não me encara ao cruzá-lo. Pronto, sinto o perigo. Tarde demais: os passos furtivos atrás de mim. Adivinho, antes do golpe, o peso que se abate na minha cabeça. Caio de joelhos, tento em vão me erguer. O tipo me atinge de novo.

Quando consigo levantar, a orelha sangra, sem a meia-lua. Entendo os ruídos da manhã. Asas de pombos, choro de criança, janelas que acendem. Velhas de tamanco e lenço na cabeça lavam o soalho dos cafés. Tempo de alcançar o navio.

Último trago de rum e, no fim do cais, distingo um gorducho que bate o bumbo, ao lado da mulherinha de chapéu com flores de pano. Porta uma bandeira com o dístico: *Exército de dona Evita — Salva tua alma!* Cantam, embora desafinados, ao pé do monumento: um gigante corta a cabeça do dragão.

Ao compasso do bumbo dona Evita prega pela minha alma. No pedaço mais bonito chegam dois bêbados infiéis. Sem palavra, empurram o homem e rasgam a bandeira nas mãos da oradora. Atiram longe o bumbo, que sai rolando, epa! com o gorducho atrás.

Acuda, ó Deus, me acuda!, ela berra, entre a gargalhada dos três. Os bêbados já escapam nas suas bicicletas. Possessa, vocifera dona Evita — *Maldito Marujo!*

Lépido salto sobre as pontes, sem mais cansaço: já não garoa nem sangra a orelha.

Ganho os degraus e piso no convés. Estou em casa. Aqui não me alcançam as pragas nem a cabeça flamejante do dragão.

Ouço ao longe uns saltos altos correndo na rua. Adivinho de quem são. Agora é tarde. Ainda que Mariah me chame pelo nome, não volto a cabeça.

E o barco partiu rumo ao grande mar.

Flausi-Flausi

Agosto, 3: Saí da janela, não ver o enterro. Esse pequenino caixão branco... E a estranha procissão de uma só! Sozinha, a mãe dolorosa, o luto fechado na sua dor. *Costuro o morto, o vivo não!*, dizer três vezes.

Que bom conversar com você, meu diário. Oito horas da manhã, passam de eternos cabelos despenteados os estudantes rumo às aulas. Pensei o dia todo: *Para o meu príncipe serei a sua cinderela de pequenos sapatos; ai! só para ele.*

No caixãozinho a garota errada que ainda não tinha morrido.

Agosto, 4: Eu sou feia, querido diário?

Agosto, 5, de manhã: Sonhei, outra vez, ai que horror! Me debatia nos braços de um monstro de luxúria, a barbicha loira, e que se ria, cínico. Afastei-o, já sem força:

— Para trás, miserável!

O sacripanta enrolou os bigodes e voltou à carga. Eu fugia, ele cada vez mais perto, a barbicha de ponta eriçada. Lambendo os beiços:

— Minha, enfim!

E avançou para mim, coitada, que... Despertei.

Penitência do padre: dez Padre-Nossos e dez Ave-Marias.

Agosto, 6: Um dia ocupado. Papelotes no cabelo, manicura e, a tarde, compras (não esquecer a linha bege). Na rua, ele passava por mim e não me viu; belo e muito longe. Eu... Não, não vale a pena.

Agosto, 7: Sua feia!

Agosto, 8: Juro não fumar mais que três cigarros por dia. *a*) *Aninha*.

Agosto, 9: Hoje cruzava, sob a janela, um operário suado, a garrafa de café na boca da mochila. Cravou-me olhar fogoso e fatal. Oh! toda ruborizei, o seio palpitando.

— Ai, que bruto macho!

Um eufemismo, depressa, por favor.

Agosto, 10: Pensamento achado numa revista: *O amor é um sonho nebuloso!* Lindo.

Agosto, 10, de noite: Tão triste, basta fechar os olhos para morrer. Leio Casimiro de Abreu e toco ao piano *Dalila*, *Às três da manhã* e *Nelly, Nelly, te quiero*.

Agosto, 11: Ai de mim! Só serei feliz no céu.

Agosto, 13: Vontade de ser freira. No claustro e ausente do mundo. Baixa a cabeça, Aninha, reza as tuas preces.

Agosto, 16: Sem fome, belisquei meio pãozinho, uma asa de galinha. Careta para tomar o remédio. Amargo.

Agosto, 17: Cinema. A voz rouca de Charles Boyer.

— Eis um galã de fino trato!

Tentação inconfessada de beijar o homem barbudo na cadeira ao lado.

Agosto, 19: A imagem no espelho é de guria pálida, pálida, grandes olhos líricos. A palidez é a sublimação do amor e, mais um pouco, me desvaneço nuvenzinha entre as nuvens.

Agosto, 21: Que adianta esperar, se ele não vem: quem? Ora, o meu príncipe, no seu negro cavalo empinado. *Um pratinho quente de mingau?* Por favor, mãe, eu não quero.

Agosto, 22: À janela, com insônia, olho a lua. Suspiro pelo que perdi sem ter tido — o meu país de guapos mosqueteiros, com plumas verdes no chapéu. Sol e música mais Rudi.

Frio nos braços, o conchego da manta xadrez. E essa tosse. E essa febre — as faces em fogo.

Agosto, 23: No telhado um gato solitário declama versos à lua.

Agosto, 25: Ele chegou no seu corcel de narinas resfolegantes.

Galante príncipe, que dizia:

— Senhorita, meu reino por um chá de camomila!

Setembro, 2: Violetas floridas nos vasos, uma cantiga saudosa da Odete na cozinha, mais gatos à noite sobre os muros. Oh! Casimiro, Casimiro... (Gatos não, gatas.)

Setembro, 3: Do *Jornal das Moças* — *Eu vos conjuro, filhas de Jerusalém, que se encontrardes o meu amado o façais saber que estou enferma de amor.*

Setembro, 4, de manhã: Um desejo tardio de pecar.

Setembro, 4, de noite: Que aparência teria ele em trajes menores? (Riscar este pedaço!) Pernas cambaias, talvez.

Setembro, 6, domingo: Pressa de viajar pelas estradas, uma aldeia perdida lá no Tibete. Que nome teria?

Setembro, 7: Ora ardendo em febre. Ora tiritando no gelo. Meu Deus, por que essa judiação com a tadinha de mim?

Setembro, 14: Diálogo na sala de estar.

— Rudi!

— Boa tarde, menina.

Assim que ele entrou, uma corruíra afiando o bico na árvore, o garnisé jururu no terreiro, a preta com suas panelas na cozinha — romperam juntos num canto louco de alegria.

Suspirei baixinho: "Meu Deus do céu." Ele apenas sorriu, indiferente. Ah, sem engano, morte violenta e certa para mim.

— Nada para me dizer?

— Eu, o que, mocinha...

Tarde mais desgracenta de minha vida.

Setembro, 15: Meu querido diário... Nada, só isso: querido diário.

Setembro, 16: Que gosto há de ter gasosa de framboesa, cabeça de fósforo amassada, aguarrás? O que Maria da Luz bebeu por amor do cabo Floripes. No bilhete a razão do tresloucado gesto: ele, o ingrato, tinha outra. O cabeçalho do jornal é tão bonito: *Adeus, Floripes!*

Setembro, 18: Sonho; homem com a barbicha de ponta arrepiada.

Mas não irei à igreja.

Setembro, 19: De quem essa imagem desbotada no espelho? Inútil beliscar as faces. Ai, fundas olheiras. E tossinha pertinaz.

Setembro, 20: Sou mesmo... o quê? Um triste lírio tísico.

Setembro, 21: Primavera na folhinha.

— Senhorita, uma flor para os seus cabelos?

— Obrigada, cavalheiro, não fumo.

Por que essa tolice?

Setembro, 22: Ah, os beijos molhados que, de repente, sinto na nuca. Olho com espanto em volta — sozinha no quarto.

Setembro, 23: Uma gota de sangue no lencinho branco.

Setembro, 25: Outra mulher há que dorme sob a virgem, fatal até nas unhas pretas, uma longa piteira na boca purpurina.

— *Garçon, whisky and soda.*

Setembro, 26: Como eu odeio as criancinhas, sempre aos gritos, correndo felizes e coradas pelos jardins. Ah, como as odeio!

Só de pensar, eu sei, mereço o inferno.

(E você aí não conte a ninguém.)

Setembro, 27: Chuva, dedos gélidos batem na vidraça, chove lá fora. Um cobertor sobre os ombros. Está bom aqui dentro. Virá me buscar à meia-noite uma carruagem fantasma sem cocheiro na boleia. Em despedida, dormir nos braços de algum viúvo triste; por favor, só me levem quando ele esteja dormindo.

Setembro, 29: Eu o amo, perdida e louca. Ele não me ama, eu sei. Simples olhar ou gesto banal, o alfinete da esperança já pinica fundo o peito. E, submisso, deita-se o meu coração a seus pés, feliz de ser pisado.

Quero prendê-lo em tímido abraço e impaciente já se desvencilha e foge. Parte, meu amor, e sê feliz!

Setembro, 30: Vi-o, no saguão do teatro, ao lado da outra. Sorriam e segredavam tolices, roçando as belas cabeças. Ela de vestido encarnado, uma rosa no cabelo. Dize-lhe adeus, Aninha, que o donzel ame a sua donzela. Ai de mim! e a donzela morra de amor pelo seu donzel.

Outubro, 1: A sua combinação aparecia sob o vestidinho curto. Minha vingança!

Outubro, 2: Visita a dona Clarinda, tem 70 anos, que velha, credo!

Quarto em penumbra. Uma estátua de sal se derretendo no tapete. Cega, a bengalinha em punho, esgrime com a certeira foice da morte:

— Eu não quero morrer. Ainda não.

Diz ela que, só na velhice, a vida tudo nos dá e um pouco mais. Na despedida, com mãos trementes afagou-me o rosto. Sem rugas, que ela invejou, eu sei.

— Reze, filha, reze por mim.

Mamãe disse que dona Clarinda, no seu tempo, foi moça belíssima. Uma flor nos cabelos: *Amas-me? Sim, amo-te!*

Lembrando, será? uma valsa evanescente em surdina, o carnê de baile, a imagem risonha no espelho; rezai por ela e por mim.

Outubro, 3: O trino do primeiro sabiá acende o sol na janela.

Viver ainda um dia, viver!

Outubro, 4: Para o meu Floripes serei a sua Maria da Luz; ai! só para ele.

Por ele beberia gengibirra com mil cabeças de fósforo amassadas e caminharia sobre a água, sem molhar os pés.

Me pedisse a lua, eu desmaiava tantas vezes de amor que a lua dele seria com peninha de mim.

Não queres, Rudi? Bem sei, tu não queres.

Outubro, 5: Deus, faz com que hoje aconteça um milagre na minha vida. *a) Euzinha.*

Outubro, 6: Por favor, Deus. *a) A mesma.*

Outubro, 7: Me acolheu nos braços e arrebatou na garupa do seu cavalo de ébano. Depois o fogo estalando na lareira, que tal um cálice de absinto, meu bem?

— Colher e...

— ... torrão de açúcar. Sou esquipática, porém saudável.

Quanta bobice para espantar o tédio.

Outubro, 8: Os pensamentos que não tenho coragem de escrever.

Outubro, 11: O doutor, um pigarro:

— Minha jovem, se você insiste em não se cuidar...

Dois pigarros:

— Não quero assustá-la, mas...

Que seja. Vida longa à velha aguerrida. Sentadinha, desafiante, o espadim de madeira golpeando o ar: *Raspe-se! Fora daqui, ó Bruxa!*

E uma coroa de flores roxas para a mocinha tossicante.

Outubro, 15: O silêncio desse vasto cemitério de estrelinhas mortas já não me assusta.

Outubro, 17: Não andes pelas estradas ao sol em busca de um resto de amor.

Veja, a noite que se deita sobre os telhados esconde de teus olhos os caminhos ardentes.

Outubro, 18: No aniversário da Lúcia, enrolei no lencinho perfumado um pequeno frasco azul.

Ninguém estava olhando? Eu cuspia, horror! (Ui, vermelho vivo.)

Outubro, 19: O doutor me proibiu sair de casa.

Outubro, 20: E não fui mulher fatal. Para recordar na velhice.

Outubro, 21: Ah, bem podia ser cavadora de ouro, jogar bacará no cassino, a lua boiando nas águas sobre a amurada do navio. E ser gorda, isso mesmo, de quadris rebolantes — e os poetas celebrariam as minhas coxas grossas.

Tanto eu queria, e não quero mais.

À noite, na janela: O príncipe gentil:

— Me permita, senhorinha, pendurar no seu pescoço este humilde colar de beijos!

Outubro, 22: — Laranja madura, bem baratinha!

O refrão do mascate a esganiçar-se na rua ensolarada. *Compra, freguês?* Sabor ácido de laranja na língua. E soprando as sementes, ai! medinho de apendicite!

Outubro, 23: Cravos no canteiro balançam as cabeças beijadas pelo vento — almas inocentes de meninas pulando amarelinha entre os túmulos?

Outubro, 24: Que sede! Pedir um copo d'água? Antes a sede e a febre, morrendo um pouco ao sol da manhã.

Outubro, 25: O céu estende no varal do jardim as nuvens brancas molhadas de chuva.

Outubro, 26: Um raio de sol na mão aberta contra a luz: vejo *através* dela.

Outubro, 27: O amor é a torta especial de maçã que sirvo todo dia a você. Mais que passem os dias, sempre resta um pedaço para amanhã.

Imaginei como será o meu epitáfio. Que tal esse? *Aqui jaz a feia adormecida que nenhum príncipe vem acordar.*

Outubro, 28: Me despi diante do espelho, beijei em delírio os braços nus. Profanado o mistério do meu corpo — qual a penitência?

Outubro, 29: Sempre sonhei no vestido róseo de musselina passear ao luar. Fazê-lo hoje? Muito sono.

Outubro, 30: Gente sadia aos cochichos na sala. Não quero vê-las; refugiei-me na terra de macilentas carpideiras descalças, xale preto e pretos véus — arranhem o rosto e se descabelem pela que vai morrer.

Novembro, 1: Uma história de fadas, mãezinha, para eu dormir. Da guria que desejou tocar o arco-íris. Logo ali, no fim da rua, rentezinho ao chão. Mamãe não tá olhando, está?

A menina corre e corre atrás das nuvens maravilhosas. Tão pertinho — e cada vez mais longe.

O fim da história, qual é, mãe? Conte, por favor.

Novembro, 2: Confidências tão ingênuas. E na garganta o soluço teimoso do remorso. Por tudo o que não fiz.

Novembro, 3: Diário querido, sabe que não tenho medo, calar as vozes, ir-me. A testa em fogo, o peito em fogo — e paz no coração.

Novembro, 5: Vejo o mundo através deste aquário sem água — uma vidraça embaçada por meu último suspiro.

Novembro, um dia: Morrer, afinal...

Furei os olhos da bruxinha de pano — já não chora por mim.

Novembro, 8: O beijo que ninguém colheu? Esse beijo é teu, Rudi.

Novembro, 10: Num sonho, como na vida, despertei de madrugada: todos dormiam a sono solto.

Flausi-Flausi — a palavra secreta que, soprada três vezes no escuro, alcança o milagre da minha cura.

Novembro, 14: O padeiro virá de manhã trazendo pãozinho quente e a gorda Odete limpará o pó dos móveis e mamãe irá à missa e meninas brincarão de roda na calçada e os estudantes, às oito horas, têm os eternos cabelos desgrenhados. Que fim levou a mocinha triste na janela?

O padre rezará a missa, mamãe comerá o pãozinho tostado, os estudantes sairão da aula para as ruas pipilantes de gente. A vidraça foi descida e a janela fechada. Que a donzela morra de amor pelo seu donzel, ó filhas de Curitiba.

Novembro, 16: Tosse, Ana. Tosse. Mais sangue no lencinho.

Novembro, 19: ... a rosa, por favor, a rosa branca no cabelo.

Este livro foi composto na tipologia Minion Pro Regular, em corpo 13/19, e impresso em papel off-set 90g/m^2 no Sistema Cameron da Divisão Gráfica da Distribuidora Record.